BBULMEDIA FANTASY STORY

희배 퓨전 판타지 소설

5

뿔미디어

the 리더

the 리더

1판 1쇄 찍음 2011년 12월 6일
1판 1쇄 펴냄 2011년 12월 8일

지은이 | 희 배
펴낸이 | 정 필
펴낸곳 | 도서출판 뿔미디어

기획총괄 | 이주현
편집장 | 이재권
편집책임 | 심재영
편집 | 문정흠, 이경순, 주종숙, 이진선
관리, 영업 | 김기환, 임순옥

출판등록 | 2002년 9월 11일 (제1081-1-132호)
주소 | 부천시 원미구 상3동 533-3 아트프라자 503호 (우)420-861
전화 | 032)651-6513 / 팩스 032)651-6094
E-mail | BBULMEDIA@paran.com
홈페이지 | www.bbulmedia.com

값 8,000원

ISBN 978-89-6639-442-5 04810
ISBN 978-89-6639-165-3 04810 (세트)

CONTENTS

제1장, 킹메이커가 되다   7

제2장, 프로젝트,

     '최대만(최강 대한민국 만들기)'(1)   43

제3장, 프로젝트, '최대만'(2)   73

제4장, 프로젝트, '최대만'(3)   101

제5장, 공부법(공직자 부패방지를

     위한 특별법)을 제정하다   133

제6장, '보라매' 신위(神威)를 과시하다   159

제7장, '회춘일기' 프로젝트와 '얼짱일기' 프로젝트   185

제8장, 온누리배(盃) 국제 축구대회를 개최하다   213

제9장, 파문을 일으키다(1)   239

제10장, 파문을 일으키다(2)   269

제1장

킹메이커가 되다

[인류의 미래를 결정적으로 좌우할 수 있는 기술은 세계 모든 나라가 공유해야 한다. 그렇지 않을 경우에는 세계 각국은 힘을 합해서 이에 대응할 수 있다.]

이것이 이른바 도쿄 선언의 요지였다.

이 선언은 한마디로 도무지 말도 되지 않는 개소리였다.

인류의 미래를 결정적으로 좌우할 수 있는 기술이란 바꾸어 말하면 엄청 돈이 된다는 의미다. 그런데 공유라니? 로열티를 포기하기 전에 어떻게 현실에 적용하겠단 말인가? 그렇다면 애써 기술을 개발할 이유가 무에 있겠는가?

세계 9개국 정상들과 세계 기업 연합 CEO들이 떼거지로 도쿄에 모여 못 먹는 감 찔러나 보자는 심보로 억지를 부린 것이었다.

그런데 이 열흘 삶은 무에 이빨도 들어가지 않을 이 선언은 대선과 맞물려 대한민국을 혼란의 도가니로 몰아가기에 충분했다.

우리 국민들을 혼란에 빠뜨리려는 암류(暗流)의 무리들은 선거라는 멍석 위에서 선거 운동원의 탈을 쓰고 선동을 일삼았기 때문이다.

─자신의 영화를 위해서 나라를 도탄에 빠뜨린 매국노 최강권과 결탁한 서원명 후보를 대선 후보에서 즉각 사퇴하게 해야 합니다. 국민 여러분.

─국민 여러분.

지금의 위기는 구한말 열강들이 조선에 침을 흘리던 때보다 더 심각한 위기임을 알아야 합니다. 세계 강대국들이 우리를 외면하면 우리는 당장에 전쟁에 직면할 것이고, WUC CEO들이 작정을 하고 우리나라의 경제를 봉쇄하면 우리나라는 실업자 천국이 될 것입니다.

국민 여러분 이 중차대한 위기의 대안은 오직 김규식 후보뿐입니다. 김규식 후보를 대통령으로 뽑아 우리가 이

난국에서 빠져나가도록 해야 합니다. 여러분.

이처럼 자신들의 영화를 위해 외세에 빌붙는 매식자(賣識者)들은 자기 나라의 위기마저도 이용하려고 앞장서 국민들을 호도하고 있었다. 이것뿐만이 아니었다.

J, G, D 이른바 보수 우익의 탈을 쓴 신문사들은 다음과 같은 논조로 사설들을 실었다.

지금은 세계화 시대입니다. 세계화의 첫걸음은 다른 나라의 입장을 이해하려는 것에서부터 시작해야 합니다.

더구나 우리나라는 자원과 자본이 빈약하기 때문에 전적으로 외국에 의존해야 합니다. 따라서 내정간섭이라고 기분 나빠하는 것에 앞서 그들이 왜 그런 말을 했는지 살펴야 합니다.

사설만 읽어서는 그저 세계화라는 시대 조류에 거스르지 말자는 논설이었다. 그렇지만 그 속내는 김규식 후보를 간접 지원하는 것이었다. 게다가 일본 극우파인 일본회의에 사주받은 자들은 일당으로 고용한 자들을 앞세워 민중을 선동하여 서원명 후보가 사퇴하도록 종용하였다.

─대한민국의 안녕 질서를 위해서 서 후보는 사퇴하라. 사퇴하라.

─서원명이는 대한민국을 위한다면 즉각 후보에서 사퇴하라.

한국당 한남동 당사를 에워싼 군중들의 시위에 서원명 선대위의 분위기는 죽음이었다. 이러한 끔찍한 분위기를 보는 한국당 선거 캠프에서는 원인 제공자인 최강권을 성토하는 것으로 이어졌다.

"어린 녀석이 설쳐 대더니 끝내 사단이 나는군."

"그러게 말이야. 자고로 어린 녀석이 설치면 나라가 망한다더니 딱 그 짝이야."

"조 위원님, 암탉이 울면 집안이 망한다는 말은 들어 봤어도 어린 녀석이 설치면 나라가 망한다는 말은 처음 듣는데요?"

"거, 뭘 따져? 도끼니 개끼니야."

서원명 후보는 이런 꼴을 보기 싫었지만 지인들의 만류에도 불구하고 선거가 코앞이라 당사에는 꼬박꼬박 나오고 있었다.

기왕 선거에 나섰으니 당선이 되든 그렇지 않든 끝까지 최선을 다하겠다는 의지의 표현이었다.

이제 대선은 불과 일주일 남았을 뿐이니 일주일만 참겠다는 말이기도 했다.

'이제 일주일만 지나면 내 정치 생명이 사실상 끝나겠군.'

서원명 후보는 내심 똥줄이 타면서도 평정심을 잃지 않으려고 자기 집무실에 틀어박혀 명상을 하려고 했다.

하지만 암울한 당사에서 명상이 제대로 될 리 없었다.

그때 강권이 서원명을 찾아왔다.

"이 사람, 아주 반쪽이 됐구먼. 어려울 때일수록 평정심을 잊지 말아야지. 그렇지 않은가?"

"허어, 말이야 쉽지. 막상 당하고 있는 나는 아주 죽을 맛이네."

"하하, 물극필반(物極必反)이라는 말이 있지 않은가? 달도 차면 기우는 법이라네."

"허허, 그렇다고 하면이야 얼마나 좋겠는가만 다 부질없는 일일세."

서원명은 허탈한 표정으로 말했다.

그도 그럴 것이 선거가 코앞에 닥쳤는데 땅바닥에 곤두박질한 지지율을 어떻게 끌어올릴 수 있겠는가.

'시간이 조금만 더 있었어도……'

서원명은 너무 아쉬워 내심 이렇게 생각을 했지만 이

내 시간문제가 아님을 인정해야 했다.

강권은 거의 체념에 빠진 서원명과 더 이상 얘기가 어렵다는 것을 느끼고 그와 상의하려던 것을 독단적으로 하기로 했다.

강권이 서원명에게 간 것은 완전 판을 깨 버리고 독재하는 것을 상의하기 위해서였다.

강권은 국민들 대다수가 외세가 두려워서 서원명을 거부하는 것이라면 판을 완전 깨 버리고 독재하는 것까지도 고려하고 있었다.

한숨만 쉬고 있는 국민들에게 짜증이 나 대선이고 뭐고 뒤집어엎어 버리고 싶었던 것이다.

매스컴에 비춰진 것만 보아선 우리나라 국민들이 도저히 구제받지 못할 노예근성에 찌들어 있는 것처럼 보였기 때문이었다.

강권은 직접 행동에 앞서 씨크릿 요원들을 전국 각처로 보내 모니터링을 해 오라고 했다.

그런데 씨크릿 요원들의 보고로는 모든 국민들이 전부 한숨만 쉬고 있는 것은 아니라는 것이었다. 일부 다혈질인 사람들은 개소리하는 그들에게 달려드는가 하면, 조용히 움직이는 깨어 있는 국민들도 많다고 했다.

결론적으로 국민들 대다수는 우리나라가 위험에 처하

게 될까 봐 잠자코 있다는 것이었다.

힘이 있으면 써 보고 싶은 게 인지상정이다.

그래서인지 씨크릿 요원들의 보고가 정확하다는 것을 알면서도 강권은 그들의 보고가 틀린 것이기를 내심 바라고 있었다.

'씨크릿 요원들이 제대로 민심의 동향을 파악했을 것이지만 일단 민심의 동향을 확인하고 내 생각대로 완전 깽판을 치던지 해야겠어.'

"내 방식대로 따라 준다면 최고를 만들 수 있다."

역대 위정자들이 갖고 있었을 독재에의 유혹.

호사다마라고 더 이상 자신의 적수가 없다는 생각이 들자 강권의 마음속에서는 이런 독재의 유혹이 자리 잡고 있었던 것이다.

그런 마음에서 씨크릿 요원들의 보고를 확인하기 위해서 자신이 직접 돌아보고 결정하기로 하고 현장으로 나갔다.

그리고 진짜 노예근성에 찌들어서 그런 것이라면 제대로 굴려 줄 용의도 있었다.

시청 앞 광장에는 야당의 주도로 군중집회가 열리고 있었다.

강권은 야당 인사의 개소리는 한 귀로 듣고 한 귀로 흘리면서 군중들 속에서 들려오는 소리에 귀를 기울였다.

"맞아. 어느 놈이 대통령이 되든 국민들의 삶이 크게 달라진 건 없었어. 우리 국민들로서는 생활이 더 나빠지지만 않으면 돼"

"나도 그렇게 생각해."

"그래도 외세에 굴복해서 대통령을 뽑는다는 것은 좀 그렇지 않을까?"

"그래서 서원명을 대통령으로 만들어서 미군이 철수하고 수출이 안 되고 국민들 죄다 실업자가 되면 그땐 어떻게 할 건데?"

"나도 승삼이 말이 맞는 것 같아. 우리 같은 서민들이야 배부르고 등 따시면 그걸로 된 거야. 어쭙잖게 애국한답시고 엄한 놈 뽑아서 나라를 도탄에 빠뜨리는 것보다 현실적으로 생각하는 게 진정한 애국인 것 같아."

'승삼이란 놈이 바람잡이로군. 이것이 다는 아닐 거야. 씨크릿 요원들이 이렇게 허술하게 조사한 것은 아닐 테니까.'

강권은 내심 바라던 것이기는 했어도 고생한 씨크릿 요원들 생각에 군중들 속을 헤집고 다니며 귀를 기울였다.

'내가 작정하기만 하면……'

강권은 이곳에 있는 사람들 대부분은 야당에서 온갖 방법을 사용해서 동원한 군중이라는 것을 알고 있으면서도 내심 아니기를 바랐다.

강권이 작정하면 대한민국을 손아귀에 넣을 수 있을 뿐만 아니라 일본과 중국까지도 집어삼킬 자신이 있었기 때문이다.

아니, 전 세계를 대한민국의 지배하에 둘 자신이 있었다.

하지만 그렇게 하기에는 너무 걸리는 것이 많았다.

눈에 보이는 게 전부가 아니라는 것을 알고 있었기 때문이다.

'이 사람들 속에서 단 한 사람이라도 현 상황을 제대로 파악하는 사람이 없다면 내가 갖고 있는 힘을 보여 주겠어.'

강권이 내심 이렇게 생각하고 있을 때 강권의 생각이 잘못되기라도 했다는 듯 어렴풋하게 들리는 소리가 있었다.

"환성아! 저 망종들의 말처럼 지금은 마치 19C말과 흡사한 상황처럼 보여. 당시에는 우리 국민들의 대다수가 무지몽매해서 망국의 위기를 앉아서 보고만 있었지만 지금은 그때와는 달라. 일어서서 외세와 맞서 싸워야만 해."

"기환아! 네 말이 맞는 것 같다. 우리나라가 일제에 국권을 빼앗기는 그와 같은 비극을 또다시 겪지 않도록 우리가 일어서야 할 것 같아. 그런데 이상한 생각이 들지 않아? 저들이 전쟁이 벌어지려는 기미도 없는데 왜 평화선언을 한 걸까? 저 외세에 빌붙어 어찌해 보겠다는 호래자식 놈들이 말하는 것처럼 서원명 후보가 우리나라 대통령이 되는 걸 견제하기 위해서 간섭하려는 게 아닐까?"

"설마? 저들은 세계 강대국 정상들이고, 세계에서 내로라하는 기업들의 CEO들이 아니냐? 그런 저들이 서원명 후보가 대통령이 되는 게 뭐가 무서워서 저렇게 설레발치겠냐?"

'휴우, 역시 아닌가?'

강권은 내심 안타까운 탄식을 하며 대화하고 있는 두 사람에게로 다가갔다. 그리곤 신비로운 미소를 머금고 참견하고 나섰다. 그런데 그런 강권의 모습은 그와는 전혀 다른 모습이었다.

그럴 수밖에 없는 것이 지금 강권의 모습은 이미 포섭된 '오성 경제문제연구소'의 연구원인 배동안으로 변장하고 있었던 것이다. 정확히 말한다면 제일정밀 건으로

'달'에게 포섭된 자라고 봐야 할 것이다.

"하하, 이거 본의 아니게 두 분의 대화에 끼어들어 죄송합니다만 그거야 당연한 것 아니겠습니까? 세계 정상들과 세계 기업 연합 CEO들이 모였던 게 무엇 때문이라는 것을 생각하면 금방 답이 나오지 않겠습니까?"

류환성과 장기환은 자기들의 대화에 끼어드는 사람을 바라보다 자기들보다 연배가 높은 것 같아 정중하게 되묻는다.

"아닙니다. 아저씨, 그럼, 아저씨께서는 최강권 씨가 개발했다던 그 '미리내' 때문이라는 것입니까?"

"내가 보기에는 그렇습니다. 물론 꼭 그것 뿐만은 아니지만…… 그게 아니라면 저들이 저딴 식으로 개수작을 부릴 이유가 전혀 없지 않겠습니까?"

"환성아, 나는 이 형님 말씀이 맞는 것 같다. 그렇지 않고서야 우리나라를 발뒤꿈치 때보다 못하게 여기고 있는 저들이 저렇게 할 이유가 전혀 없잖아?"

"호오, 이 친구 마음에 드는걸. 이 형이 말하려는 게 바로 그것이거든."

이렇게 죽이 맞은 세 사람은 근처에 있는 호프집으로 자리를 옮겨 하던 이야기를 마저 하기로 했다.

"아저씨, 저희들은 서울대 정치외교학과 4학년에 다니

고 있는 학생들입니다. 저는 류환성이라고 하고 이 친구
는 장기환입니다."

"하하, 나는 오성 경제문제연구소의 연구원으로 있는
배동안이라고 하네. 그런데 말이야. 아저씨라는 호칭보다
는 장기환 군처럼 형이라고 불러 주는 게 어떻겠나? 보
아하니 자네들 군대도 다녀온 것 같은데 말이야."

"동안이 형님, 형님은 연세가 어떻게 되셨습니까?"

"기환 군, 연세라니? 나는 이제 겨우 30대 초반이네.
그러니까 형님보다는 형이 더 어울릴 나이지. 그렇지 않
나?"

"에이, 아저씨도……, 설마 농담이시겠지요? 아저씨의
얼굴을 보면 적어도 40대 초반은 되어 보입니다."

"환성이 자네 나를 완전히 죽이는구먼. 40대 초반이
라니. 나는 이제 겨우 서른네 살이라고."

강권은 마치 자기가 배동안인 것처럼 자기의 얼굴에
30대 중반의 나이를 30대 초반이라고 우겼다.

그것은 배동안이 갖고 있는 노안 콤플렉스를 대변해
주는 행동이었다.

그처럼 배동안과 잘 알고 지내던 사람들이라도 모를
정도로 강권의 변장술은 감쪽같았다.

사실 동안이라는 이름에 걸맞지 않게 배동안은 완전

노안이었던 것이다.

옆에서 듣고 있던 장기환의 한마디는 죽어 가는 배동안의 심장에 비수를 꽂는 말이었다.

"낄낄낄, 형님, 저는 40대 중반으로 보았습니다. 우리 큰형님과 동배로 보았거든요."

"헐! 뭐어? 내가 40대 중반으로 보였다고?"

"쿠쿠쿠, 예."

"끄악!"

이렇게 두 번씩이나 죽어 가는 배동안을 되살릴 수 있는 명약은 1,000cc 잔에 가득 담긴 호프뿐이었다.

꿀꺽, 꿀꺽, 꿀꺽.

1,000cc의 호프를 단숨에 들이켜고 간신히 되살아난 배동안은 자신을 바라보며 낄낄대는 녀석들에게 자신의 정보를 이용해서 반격을 가하기 시작했다.

"야, 니들은 앞으로 세계를 주도할 나라가 어느 나라라고 생각하는고?"

"그거야 당근 중국 아니겠습니까?"

"저도 환성이와 같은 생각입니다."

"흐음, 과연 그럴까?"

류환성과 장기환은 배동안의 의미심장한 되물음에 고개를 갸웃거려야 했다.

항간에서는 '내지 미래경제연구소'를 제일로 치고 그
뒤를 이어 '한도 경제문제연구소'를 꼽고 있다. 하지만
'오성 경제문제연구소'야말로 거시 경제와 세계의 흐름
을 가장 잘 짚는다고 알고 있었기 때문이다.

불과 30여 년의 짧은 시간 안에 오성을 세계 100대
그룹으로 만들어 놓은 원동력이 바로 오성의 경제문제연
구소라는 걸 잘 알고 있는 까닭이었다.

그런 둘의 얼굴을 바라보던 배동안이 회심의 미소를
지으며 말을 이었다.

"자본주의 체제 아래서 한 나라의 미래를 알아보려면
가장 먼저 무엇을 살펴야 할까?"

"그거야 국민성 아니겠습니까?"

"저도 기환이와 같은 생각입니다. 건전한 국민성이야
말로 향후 발전의 원동력이 될 것이기 때문입니다."

"하하, 과연 그럴까?"

배동안은 입가에 비릿한 웃음을 매달고 되물었다.

류환성이나 장기환은 자신들이 서울대씩이나 갈 수 있
었던 데에는 고도의 찍기 실력도 작용했다는 것을 증명이
라도 하듯 자신들의 대답이 배동안이 원하던 것이 아님을
알았다.

"그럼 형님은 뭐라고 생각하십니까?"

"하하, 자본주의 체제는 돈이 가장 큰 무기야. 그렇다면 답이 금방 나오지 않을까?"

딴은 그렇다. 자본주의 체제 아래서는 돈이 장땡이 아니겠는가.

"돈이라?"

"형님, 그런데 자원도 없는 우리나라에 뭔 뾰족한 수라도 있다는 것입니까? 형님의 말씀을 들어 보면 최강권 씨가 '미리내' 외에도 엄청난 것들을 특허 냈다는 것처럼 들리는데 제가 잘못 들은 것입니까?"

"하하, 역시 서울대생이라 내가 말하려는 의도를 정확히 알고 있는데."

"에이! 그게 우리들이 서울대생이라는 것과 무슨 상관이 있습니까?"

"니들이 지금 행간을 읽고 있잖아. 안 그래?"

배동안의 말마따나 류환성과 장기환은 문제의 핵심을 정확히 파악하고 있었다.

자본주의에서 돈을 만들 수 있는 방법은 여러 가지가 있지만 가장 원론적인 방법은 기술과 노동, 자본을 이용하는 것이었다.

노동은 우리나라가 점점 노령화 사회로 접어들고 있으니 일단 패스다.

그렇다면 자본과 기술인데 자본 역시 선진국이나 중국에 비해서 열세니 이것 역시 아니다.

나머지는 기술인데 기존에 알려진 것으로는 우리나라의 기술력은 무시할 수는 없지만 다른 나라들보다 확실하게 뛰어난 것은 아니다.

하지만 다른 두 요인보다는 확실하게 강점이 있는 것은 사실이었다. 그렇게 도출된 결론은 새로운 기술뿐이었다.

오성이나 한도, 내지가 갖고 있는 기술력으로는 다른 선진국을 압도할 수 없기 때문이었다.

둘은 곰곰이 생각을 하다 문득 스치는 생각이 있었던지 손바닥을 '짝' 하고 치며 말했다.

"형, 내가 얼핏 지적한 대로 그룹 '환'에서 특허를 엄청 가지고 있다는 말이네요."

"환성이 자네 말이 맞아. 그룹 '환'에서 최소 100억 불 이상의 가치를 지닌 특허를 무려 100여 개나 출원해서 이미 전부 인정을 받아 놨어. 이것만 해도 최소 1조 달러의 가치를 가지고 있다고 봐야 하는데 중요한 것은 그 특허가 기존의 기술보다 최소 수십 년에서 백여 년 이상은 앞서 있다는 것이야. 그것도 전 분야에 걸쳐서 말이야. 그래서 세계 기업 연합에서 몸이 달아서 저렇게 나불대고 있는 것이지."

"뭐예요? 최소 100억 달러짜리가 100개씩이나요? 와! 형, 그럼 그 특허들이 전부 상용화가 되면 그룹 '환'에서 세계 경제를 좌지우지하겠네요?"

"그렇다고 봐야지. 그렇기 때문에 그룹 '환'의 CEO인 최강권 씨가 밀고 있는 서원명 후보가 대통령이 되지 못하도록 견제를 하고 있는 것이고."

류환성은 이제야 내막을 알겠다는 듯 고개를 끄덕거리다가 문득 한 가지 의구심이 생겼다.

'세계에서 내로라하는 강대국 정상들과 세계 100대 기업의 대부분이 모였으면서도 왜 실력 행사를 하지 않고 주둥이만 나불거리고 있는 거지?'

이것은 류환성뿐만이 아니고 장기환 역시 같은 의문을 갖고 있었다.

강대국들은 그동안 자국의 이익을 위해서라면 어떤 일도 서슴지 않고 저질러 왔던 전례가 많다. 그런데 직접 물리력을 행사하지 않고 주둥아리만 나불대고 있는 이유가 무엇인지 궁금하지 않을 수 없었다.

'설마 우리나라를 그만큼 높이 평가하고 있는 것은 아니겠지?'

이것에 대한 답은 명확했다.

만약에 우리나라를 높이 평가하고 있다면 쪽바리들이 독도를 자기네 땅이라고 우기지 못할 것이기 때문이었다.

'그런데 도대체 왜 그러는 거지?'

류환성과 장기환이 고개를 가우뚱거리는 것을 보고 배동안이 의미심장하게 웃으며 말했다.

"니들 표정을 보니 그 자식들이 주둥아리만 나불대고 물리력을 행사하지 않고 있는 게 궁금한 모양이로구나?"

"예. 형님."

"형님, 돗자리 펴도 되겠습니다. 그런데 저들이 도대체 왜 그러는 것입니까?"

"하하하, 내가 짐작이 가는 게 있기는 해."

배동안은 이렇게 말하고는 휴대폰으로 영상 하나를 보여 주었다.

어떤 항구에 커다란 군함이 떠 있는데 그 군함이 갑자기 사라지는 영상이었다.

류환성과 장기환은 영상을 보고선 완전 영구 모드로 변해 버렸다.

"어?"

"형, 어떻게 된 것입니까?"

"니들이 본 그대로야. 있잖아. 작년 10월 3일 미국의 노퍽에서 우리나라를 포함해서 세계 10개국 정상들이 모였던 적이 있었지? 바로 그때 입수한 영상이야."

"형, 예리나가 10개국 정상 앞에서 공연을 했다는 그때 말하는 것입니까? 우리들도 예리나 공연을 봤는데 왜 그 장면은 보지 못한 것입니까?"

배동안은 영구 모드로 변해 있는 두 학생들에게 신비로운 미소를 지어 보인 후에 입을 열었다.

"모르는 게 당연할 거야. 10개국 정상들이 노퍽에 모인다는 것은 우리나라에선 거의 알려지지 않았고, 저 장면은 단지 몇 초 정도밖에 노출되지 않았거든. 그 다음 장면이 예리나가 정상들 앞에서 노래를 부르는 장면이야. 세상에 알려진 것은 그것이고. 우리 연구소에 자동적으로 백업본이 따로 저장되는 시설이 없었다면 나도 저 장면을 입수하지 못했을 거야."

"형님, 그렇더라도 최소 몇 억 명은 보았을 테니 인터넷에 떴을 것 아니겠습니까?"

"그런데 희한하게 인터넷에서는 저 장면은 없더라. 내가 잘못 본 것인가 몇 번이고 인터넷을 뒤져 보았지만 예리나란 가수가 노래를 부르는 게 전부야. 아마도 그 장면을 감추고 싶었던 나라들이 있었던 모양이야."

"형님, 어떻게 몇 만 톤급 중순양함이 순식간에 사라

질 수 있습니까?"

"그러게. 내가 알기로는 핵폭탄을 터트리지 않는 한 저렇게 큰 배를 순식간에 사라지게 만드는 것은 불가능해. 아마도 그래서 사람들이 신경을 껐는지도 모르지."

중순양함이 어떤 함정인가? 배수량이 몇 만 톤급으로 항공모함보다는 작지만 길이가 200m가 넘는 거대한 배다.

그런 커다란 배가 어떻게 순식간에 증발하듯 사라질 수가 있단 말인가?

배동안의 말처럼 핵무기가 아니면 저렇게 배를 사라지게 할 수는 없었다.

한동안의 침묵을 깨고 장기환이 하나의 가설을 제시했다.

"형님, 최강권이란 분이 저렇게 만든 게 아닐까요? 그래서 강대국의 정상들과 WUC CEO들이 주둥아리만 나불거리는지 모르고 말입니다."

"기환이 네 말이 맞을 거야. 언론 보도 자료에 따르면 최강권 씨가 만든 '미리내'는 기존의 기술보다 적어도 1C 이상은 앞선 기술이 적용된 최첨단이라고 하더라. 그런 최첨단 기술을 사용할 수 있다면 기존의 개념과는 차원이 다른 무기를 만들지도 모른다는 말이겠지. 그래서 강대국의 정상들과 WUC CEO들이 주둥아리만 나불거리고 있는지도 모르고."

"에이, 형님, 그것은 아닐 것입니다. 만약 그렇다면 저들이 감히 최강권 씨의 비위를 거스르는 행동을 하겠습니까?"

배동안은 장기환의 말에 대답을 하지 않고 뜬금없는 질문을 했다.

"기환아, 찌질과에 속하던 녀석이 어느 날 갑자기 믿어지지 않는 싸움 실력을 보이면 기존의 짱 녀석들은 어떤 반응을 보일까?"

"형님, 그렇게 묻는 게 저들이 저딴 식으로 행동을 하는 것하고 무슨 상관이 있습니까?"

"상관이 있지. 그것도 아주 많이."

"형님 말씀은, 그러니까 우리나라를 찌질하다고 생각하고 있던 짱 녀석들이 우리나라가 어떻게 반응할지 간을 보고 있단 말씀입니까?"

"그렇지. 정면으로 거스르는 행동을 하지 않고 한 녀석을 앞세워 정말 싸움을 잘하는가? 또 싸움을 잘한다면 얼마나 싸움을 잘하는가? 등을 떠보겠다는 것이겠지. 정말로 싸움을 잘한다면 조심을 할 것이고, 그렇지 않으면 열나 갈구겠지. 다른 녀석들은 밑져야 본전이니 구경만

할 것이고."

류환성과 장기환은 배동안의 말이 어느 정도 타당성을 갖고 있다고 생각했다.

"형님, 그럼 강대국들의 대표로 나선 녀석이 바로 쪽 빠리란 말씀입니까?"

"그렇지. 만약 우리나라가 정말로 그렇게 세다면 녀석들로서는 엄청 다급해지지 않을 수 없겠지."

"형님 말씀이 맞는 것 같습니다. 자동차, 반도체, 조선업 등에서 세계 수위를 달리던 쪽바리들이 우리나라에 따라잡혀 이류가 되어 가고 있으니 급해진 그들로서는 악몽이겠지 말입니다. 게다가 그룹 '환'에서 세계 경제를 좌지우지하게 된다면 독도를 자기네 땅이라고 우긴 것으로 인해서 우리나라에 된통당하게 될 테니까 이판사판으로 덤벼드는 것이지 싶습니다."

"하하, 너희들 더 이상 가르칠 게 없으니 이만 하산해도 되겠다. 자, 술이나 들자고."

"에이, 이 형님은, 술자리에서 그런 썰렁한 말씀을 하시면 안 되져."

배동안은 호프를 벌컥벌컥 들이켜고 류환성과 장기환에게 은근한 어조로 말했다.

"니들 올해 졸업반이라며? 그룹 '환'에서 내년에 대대적으로 신입사원을 뽑을 것 같던데 거기 입사해 보지 않을 거냐?"

"형님은 오성에 근무한다고 하지 않으셨습니까? 그런데 어떻게 그걸 아십니까?"

"대기업의 경제문제연구소에는 세계 각처의 정보들이 모여들어. 그러니까 그런 정도라면 조금만 신경을 쓰면 알 수 있지."

말은 이렇게 했지만 배동안의 속내는 그게 아니었다.

'하하하, 내가 그룹 '환'의 주인이니까 당연히 잘 알지.'

❖　❖　❖

'미리내'의 시승식이 있었던 여의도 한강시민공원에서 그룹 '환'이 최신예 전투기 '보라매'의 시험비행을 한다고 하자 내외신 기자들이 벌 떼처럼 모여들었다.

내외신 기자들은 자칭 그룹 '환'의 홍보부장이라는 황성윤에게 서로 질문을 하겠다고 난리도 아니었다.

하지만 황성윤은 자기와 안면이 있는 기자들에게 우선적으로 질문을 하게 했다.

황성윤이 건달 출신답게 의리에 충실한 결과였다.

"M—TV의 주환용 기자입니다. 그룹 '환'에서 최신예 전투기의 시험비행을 한다는데 그것이 사실입니까?"

"예. 오늘 정오에 시험비행이 있을 예정입니다."

"K—TV의 조정래 기자입니다. 갑자기 최신예 전투기의 시험비행을 하는 이유가 무엇입니까?"

"조정래 기자께선 대선을 불과 닷새 남겨 두고 최신예 전투기의 시험비행을 하는 이유가 궁금하신 모양이군요. 우리 그룹 '환'에서 최신예 전투기의 시험비행을 하는 이유는 우리 국민들이 마음 놓고 대선에 투표하도록 하기 위해서입니다. 혹자는 어떤 후보가 대통령에 당선이 되면 금방에라도 전쟁이 나서 우리나라가 금방에라도 망할 것처럼 얘기를 하는데 그건 죄다 개소리라는 걸 보여 주기 위함이지요. 어떤 나라가 되었든 어떤 세력이 되었든 정당하지 못한 방법을 사용해서…… 우리나라의 내정에 간섭한다면 거기에 걸맞은 보복을 할 수 있는 힘을 보유하고 있다는 것을 국민 여러분께 알려드리기 위함입니다."

황성윤은 연예 계통에서 오랫동안 굴렀기 때문에 어떻게 하면 더 효과적으로 의사 전달을 할 수 있다는 것을 알아서 적당히 말을 끊고 주위를 둘러보기까지 했다.

황성윤은 자기가 아는 기자들을 모두 지명하자 더 이

상 질문을 받지 않고 부하 직원들을 시켜 보도 자료를 나눠 주게 했다.

그룹 '환'의 보도 자료는 도저히 믿기지 않는 내용으로 채워져 있었다.

보도 자료에 따르면 새로운 전투기 '보라매'에 적용된 기술에는 스텔스 기능이나 미사일 회피나 요격 기능 정도는 기본 스펙에 불과했다.

조금 고차원적인 기능에는 100t의 무기를 장착하고 마하 5의 속도로 비행한다든지, 지구 전역에 이르는 작전 반경이라든지 하는 것이었다.

물론 이것은 기존 기술로는 거의 불가능에 가까웠다.

더 믿기 어려운 것은 '미리내'처럼 육상이나 수중에서도 작전이 가능하다는 것이었다.

한동안 잠자코 보도 자료를 훑어보던 기자들이 손을 들고 질문을 하기 시작했다.

[뉴욕 타임즈의 테일러 기자입니다. 알려진 바로는 F22 랩터 한 대가 F15 이글 전폭기 14~15대를 상대할 수 있다고 되어 있습니다. 그런데 보도 자료에 따르면 최소 F22 랩터 10대를 상대할 수 있다고 하는데 그게 가능하기나 한 것입니까?]

"하하, 우리 그룹 '환'의 기술력을 무시하는 질문인

것 같군요. 내 생각 같아서는 테일러 기자의 질문을 무시해 버리고 싶지만 안타깝게도 그 질문은 그룹 '환'의 홍보 담당 이사로 계시는 김미진 이사님께서 말씀드릴 것입니다. 김미진 이사님은 다들 잘 아시고 계시겠지만 IT기업 미림의 CEO이시기도 합니다."

황성윤은 외국 기자의 질문에 두루뭉술하게 넘어가면서 IT기업 미림의 CEO인 김미진에게 떠넘겼다.

"방금 홍보 부장님에게 소개받은 그룹 '환'의 홍보 담당 이사 김미진입니다. 테일러 기자께서 하신 질문에 대한 답은 충분히 가능하다는 것입니다. '보라매'는 크기에 있어서 F22 랩터의 3분지 1 정도이지만 성능은 최소한 10배 이상으로 보시면 됩니다."

[이사님, 좀 더 알기 쉽게 상세하게 말씀해 주십시오.]

"호호, 그렇게 하겠습니다. 우선 '보라매'는 F22 랩터보다 최소 세 배 이상 빠르고, 세 배 이상 많은 무기를 장착할 수 있습니다. 또한 '미리내'와 같은 종류의 단백질 섬유로 만들어져 있어 어지간한 무기로는 '보라매'를 격추시키지 못합니다. 또한 100t의 무기를 장착하고 시속 6,000km 이상으로 날며 지구 몇 바퀴를 돌더라도 연료 걱정이 전혀 없습니다. 게다가 '미리내'처럼 수직 이착륙이 가능하기 때문에 언제, 어느 곳이든지 전천후로 작전이 가능합니다. 심지어 바다 속에서도 시속 400~ 500km 이상으로 갈 수 있습니다. 그런데 그런 '보라매'가 F22 랩터를 10대 정도 상대할 수 없겠습니까?"

김미진의 말에 내외신 기자들은 벙 쪄서 입을 떡 벌리고 있을 뿐이었다. 그 모습을 보고 김미진은 웃으면서 말을 이었다.

"우리 그룹 '환'의 CEO이신 최강권 회장님께선 평화를 사랑하시지만 그렇다고 남에게 모욕을 당하고 참으실 정도는 아니십니다. 대선을 일주일 앞두고 세계 정상들과 세계 기업 연합 CEO들의 말도 되지 않는 선언으로 우리나라의 국정에 간섭을 하는 것에 심기가 매우 불편해하십니다. 그래서 이렇게 경고를 하는 것이구요. 참, '보라매'의 시험비행에 앞서 작년 10월에 있었던 10개국 정상들 모임식장에서 있었던 하나의 사건을 영상으로 보내 드리겠습니다."

김미진은 이렇게 말하고는 생글생글 웃으며 무슨 리모콘을 작동시켰다. 그러자 한강에 거대한 중순양함 볼티모어호가 나타났다.

당연히 기자들의 반응은 호들갑 그 자체였다.

3D 영화나 TV는 보았지만 특수한 장비가 없이 입체로 보이는 신기술은 아직 없었기 때문이다. 그것은 마치

SF 영화에서나 나올 법한 홀로그램처럼 보였다.

"앗! 어떻게……?"

[와우! 어떻게 저럴 수 있지?]

그런데 이런 호들갑은 중순양함이 뭔가 번쩍 하더니 고층 빌딩이 무너져 내리듯 스르르 사라지자 기자 회견장은 침묵으로 바뀌어 버렸다.

김미진은 회심의 미소를 지으며 말을 이었다.

"본 영상은 폐기 예정인 미국의 중순양함 볼티모어호를 우리 그룹 '환'의 최강권 회장님께서 노퍽에서 7,000km 이상 떨어진 하와이 해상에서 단 1초 만에 폐기시키셨던 장면입니다. 물론 당시에는 '보라매'가 작전을 수행한 것이 아니고 '미리내'가 그 역할을 담당했었다고 합니다."

내외신 기자들 중에는 이 사건에 대해서 아는 사람들이 많았기 때문에 놀라기만 했을 뿐 영상의 진위에 대해 왈가왈부하지는 않았다.

사실 각국 정부로부터 강력한 보도 금지 요청이 있었기 때문에 기자들은 그 사건에 대해 더 이상 파고들지도 않았었다.

그런데 그 사건의 영상을 직접 보게 되자 중순양함을 순식간에 가루로 만들어 버린 무기에 대해서 질문을 하기 시작했다.

[워싱턴 포스트의 윌리엄 기자입니다. '미리내'에 장착되었던 그 무기가 정확히 무엇이고, 또 그 무기가 '보라매'에도 장착이 되었습니까?]

"호호호, 윌리엄 기자님의 질문에 답해 드리겠습니다. '미리내'에 장착이 되었던 무기는 '파동포'라는 것으로 물질의 원자 결합을 방해하는 파동을 방사함으로 물질을 원자 단위로 분해시켜 버린다고 합니다. '보라매' 1~4호기에는 '파동포'가 장착이 되었지만 그 외에는 장착을 하지 않았다고 합니다. 만족하셨습니까?"

[아사히 신문사의 쿠스다케 기자입니다. '보라매' 1~4호기에는 장착이 되었다는 말은 곧 '보라매'가 최소한 4기 이상 만들어졌다는 말인데 정확히 몇 기나 만들어져 있습니까?]

"쿠스다케 기자님, 정확히 몇 기나 만들어진 것인지는 극비여서 알려 드릴 수는 없지만 확실한 것은 최소한 4기 이상이라는 것입니다. 이 질문은 이 정도로 만족하셨으면 합니다."

내외신 기자들의 질문은 끊임없이 이어졌지만 김미진은 알려 줄 것만 대답하고는 두루뭉술하게 넘어갔다.

정오가 되자 멀리서 하나의 비행체가 빠르게 날았다

정지했다 하면서 여의도 한강시민공원으로 오고 있었
다.

　마침내 '보라매'가 한강시민공원에 착륙하자 사람들은
과연 이 작은 비행기가 F22 랩터 10대를 상대할 수 있는
가 하는 의구심을 가졌다. 길이가 대략 6m 정도이고 폭
은 4m 정도였는데 이는 바이마흐보다 길이는 같은 정도
고 폭만 약간 큰 정도였다. F22 랩터의 딱 3분지 1 정도
의 크기였다.

　물론 급가속과 정지, 급회전이 가능하다는 점은 이미
본 후여서 대부분 F22 랩터보다 기동성 면에서는 확실
히 우위라는 것에는 의문을 가지지 않았다.

　조금 후에 AH—64A 아파치 헬기 두 대가 나타나자
'보라매'는 기다렸다는 듯 서해로 이동을 했고 헬기는
그 뒤를 따랐다.

　그리고 그 장면은 다시 한강시민공원에 홀로그램으로
방영되고 있었다.

　"지금 '보라매'와 AH—64A 아파치 헬기가 가는 곳
은 공해(公海)입니다. '보라매'와 AH—64A 아파치 헬
기가 공해로 가는 이유는 과연 '보라매'가 얼마나 튼튼
한지 시험하기 위한 것입니다. 실제로 헬파이어 미사일을
사용하기 때문에 공해로 이동하고 있는 것입니다."

"AH—64A 아파치 헬기에 장착된 헬파이어 미사일은 전차나 벙커도 박살을 낸다는데 설마 헬파이어 미사일을 그냥 맞겠다는 것은 아니겠지?"

"설마 그러려고?"

홀로그램을 보고 있는 사람들은 과연 '보라매'가 헬파이어 미사일을 견딜 수 있는지 의구심을 가질 수밖에 없었다.

그런데 그 설마가 정답이었다.

공해상에서 정지 비행을 하고 있는 '보라매'에 AH—64A 아파치 헬기가 헬파이어 미사일을 난사하고 있었다.

꽝!

굉음과 함께 '보라매'를 명중시킨 헬파이어 미사일은 엄청난 폭발력을 보여 주었다.

그런데 잠시 후에 화염이 걷히자 '보라매'는 건재한 모습을 보여 주고 있었다.

세계에서 가장 튼튼한 방어력을 가진 전차라는 미국의 M1A2도 저렇게 헬파이어 미사일에 직격된다면 고철이 될 것인데 '보라매'는 멀쩡했던 것이다.

"설마 화면 장난은 아니겠지?"

"어, 어떻게 저럴 수 있지?"

[Wha? Jesus. (제기랄, 어떻게 저럴 수가!)]

강철보다 수백 배 단단한 단백질 섬유에 실드 마법진을 도배하듯 인챈트해서 '보라매'가 아무렇지도 않다는 것은 아무도 눈치채지 못했다.

아무튼 이로써 '보라매'의 성능에 대한 의구심은 전부 없어져 버렸다.

그런데 뒤이어진 김미진의 아나운스 멘트는 시험비행 관람자들에게 다시 의구심을 갖게 만들었다.

"호호, 정말 놀랍지 않습니까? 그런데 여러분께서 더 놀라셔야 할 것이 남아 있습니다. '보라매'를 만드신 그룹 '환'의 CEO이신 최강권 회장님께서는 '보라매' 하나로 항모전단도 거뜬히 상대할 수 있다고 하시더군요. 예를 들어 세계 최고의 항공모함인 조지 워싱턴 호에 함재기 120대, 4척의 이지스 순양함, 7척의 이지스 구축함, 두 대의 핵 잠수함을 모두 포함한 것과 비교를 하시더군요. 항모전단이 선공을 한다고 해도 '보라매'를 탐지할 수 없어 선공이 무의미하고, '보라매'가 선공을 하면 항모전단은 순식간에 먼지처럼 흩어져 버리더군요. 물론 이것은 시뮬레이션으로 본 결과이긴 하지만요."

더 말이 필요 없었다.

이렇게 '보라매'의 시험비행이 매스컴을 타게 되자 국민들의 우려는 완전 해소되었다.

결론적으로 최강권이 밀고 있는 서원명 후보가 당선이 되었다.

제2장
프로젝트,
'최대만(최강 대한민국 만들기)' (1)

"이봐. 강권이, 자네 국무총리가 되어 나와 손잡고 우리나라를 세계 최강대국의 반열에 올려놓지 않을 텐가?"

대통령 당선이 확정되자 서원명 대통령 당선자는 감격에 겨운 목소리로 이런 제안을 했다.

당선 확정에 들떠 있던 대선 캠프는 서원명의 뜻밖의 제안에 순간적으로 얼음땡이 되었다.

서원명 후보가 대통령에 당선되는데 최강권이 결정적인 역할을 했다는 것은 모두 인정했다.

그렇더라도 이제 약관에 불과한 강권에게 국무총리를 제안한 것은 도저히 납득할 수 없었기 때문이다.

또한 그 감투는 선거 캠프에 참가해서 고생을 한 자기

들에게 돌아가야 한다고 다들 믿고 있었기에 더욱 그랬다. 물론 이것은 순전히 그들만의 생각이었지만 말이다.

강권은 완곡하게 사양을 했다. 물론 순식간에 싸늘해진 캠프 분위기 때문은 아니었다.

"하하하, 일국의 국무총리란 식견과 경륜이 탁월한 사람이어야 할 것일세. 정암이, 자네 말은 고맙지만 나이도 어린 내가 국무총리를 하면 모양새가 좋지 못할 것 같으이. 내 생각에는 자네는 제도권 안에서, 나는 재야에서 능력을 발휘해서 우리나라를 고금을 막론하고 최강국으로 만드는 게 좋을 것 같으이."

"따지고 보면 자네보다 식견과 경륜이 탁월한 사람이 누가 있겠는가? 또 그까짓 나이가 대순가? 나이를 먹고서도 제 나이 값을 못하는 사람들이 천지인데."

서원명의 이 말은 나름 뼈 있는 말이었다.

지지율이 절망적인 상황일 때 선거 캠프를 지킨 사람이 몇이나 있었던가.

서원명이 이렇게 말한 것은 강권이 '보라매'의 시험비행이라는 초강수로 완전 역전에 성공하자 다시 캠프에 얼굴을 디민 사람들에게 들으라고 하는 말이었다.

그걸 명시적으로 지적한 것은 아니었지만 서원명이 캠프를 둘러보는 눈길에서 대번에 드러났다.

서원명은 캠프를 적의에 찬 눈길로 둘러본 후에 말을 이었다.

　"게다가 내가 대통령이 된 것은 다 자네 때문이니 자네 말고 누가 적임자이겠는가? 그러니 자네가 국무총리가 되어 주게."

　"허어, 이 사람 정암이, 자네가 대통령이 되겠다고 한 것은 우리나라를 보통 사람들이 납득할 수 있는 공정한 세상으로 만들어 보겠다는 게 아니었는가? 이제 겨우 약관인 내가 국무총리가 된다면 과연 보통 사람들이 납득할 수 있겠는가? 게다가 나는 벌려 놓은 일도 많아서 국정에 충실할 수도 없다네. 그러니 당최 그런 생각은 갖지도 말게."

　강권이 이렇게 말하자 서원명 대통령 당선자는 입맛을 다셨지만 승복할 수밖에 없었다.

　자기가 생각을 하더라도 골치만 아프고 좋은 소리를 못 듣는 국무총리를 하는 것보다 그룹 '환'을 세계적인 기업으로 키우는 게 더 구미가 당기지 않을 수 없었다.

　다른 것은 모르지만 강권의 얘기로는 원가가 불과 1만 달러 내외인 '보라매'를 10억 달러 이상에 판다면 얼마나 기분이 째지겠는가?

　서원명 당선자는 생각이 여기에 이르자 문득 전략 무

기인 '보라매'를 판다는 것에 심한 우려가 들었다.

"그런데 말이야. 강권이, '보라매'를 외국에 파는 것을 좀 더 숙고하는 게 어떻겠는가? 자네에게 그만큼의 보상은 하지 못해도 어느 선에서 벌충은 해 주겠네."

강권은 서원명 당선자가 우려하는 것이 무엇이라는 것을 안다는 듯 빙그레 웃으며 대꾸했다.

"하하, '보라매'라고 해서 똑같은 '보라매'는 아니라네. 다른 나라들에 파는 '보라매'는 좀 다운 그레이드를 해서 팔 작정이네. 또 '보라매'면 어떤가? 다른 나라들에는 '보라매'가 당적 불가의 무기겠지만 나는 파리 잡듯 잡을 방법이 있다네. 그러니까 너무 염려는 말게."

강권의 말은 사실이었다.

일례를 들어 시험비행에 나선 '보라매'에는 쉴드 마법이 인챈트되어 있었지만 팔아먹을 '보라매'에는 쉴드 마법을 인챈트하지 않을 것이기 때문이었다.

"그것을 안다면 다른 나라들이 '보라매'를 사려 할까?"

"하하, 안 사면 지들이 어쩔 건데. 세계 최고의 항공모함이라는 조지 워싱턴 호를 만들기 위해 얼마가 들었는지 아는가? 자그마치 45억 불일세. 이것은 조지 워싱턴이 만들어진 90년대 초반의 가격이니 지금 시세로 따지면

60~70억 달러가 들어간다고 보면 될 것일세. 거기에다 함재기 120대, 4척의 이지스 순양함, 7척의 이지스 구축함, 두 대의 핵잠수함을 건조한 비용을 따져 보게. 이지스 순양함의 가격이 대당 13억 달러가 넘네. 구축함 역시 10억 달러 이상이라고 봐야 할 것이네. 핵잠수함 역시 최소한 10억 달러 이상일 것이네. 함재기는 제외하고서도 항모전단을 만드는데 드는 비용이 최소 200억 달러네. 10억 달러를 들여 200억 달러를 방어할 수 있다는데 다들 매력적으로 생각하지 않겠는가?"

"그것은 그런데… 강권이, 정말로 '보라매' 한 대가 항모전단을 무찌를 수 있는가?"

"물론 가능하네. 다운 그레이드 시키지 않은 '보라매'면 개전 후 1분도 안 돼서 항모전단은 전멸된다고 보면 되네. 생각해 보게. 파동포 한 방에 항공모함이 가루가되면 함재기들은 수장될 것이고, 순양함이니, 구축함이니 하는 것들 역시 파동포를 피할 수 있는 방법이 없네. 그렇다면 남은 것은 두 대의 핵잠수함뿐인데 물속에서도 거의 마하 1의 속도로 가는 '보라매'의 상대가 될 성싶은가? 그 정도라면 누구라도 혹하지 않겠는가?"

강권의 말을 듣고 있는 선거 상황실 사람들의 얼굴에는 경악이 서려 있었다.

강권의 말대로라면 앞으로 특별한 사건이 벌어지지 않는 한 한반도에서 전쟁은 영원히 안녕이나 다름이 없었다.

그리고 대한민국의 의지만 있다면 지구상에서 전쟁을 완전 종식시킬 수 있을 것이었다.

'만약 저 인간이 대한민국 사람이 아니고 다른 나라 사람이었다면……'

사람들은 이렇게 생각하며 자기도 모르게 몸을 부르르 떨었다. 적이 된다는 생각만으로도 너무 끔찍했기 때문이다.

"하하하, 정말 통쾌한 일이 아닐 수 없네. 그럼 '보라매' 10대 정도만 있으면 우리나라의 국방은 걱정하지 않아도 된다고 보면 되겠군. 그렇지 않은가?"

"굳이 10대까지 필요 있겠는가? 흰소리 같겠지만 '보라매' 10대면 현 시점에서의 무력이라면 세계를 상대로 붙어도 압도적으로 이길 것일세. 그래서 말인데 내가 방패막이 되어 줄 테니 그런 것일랑은 걱정하지 말고 자네 소신껏 정치를 해 보게."

"하하하, 마치 서양이 중국의 문호를 개방하기 위해 함포외교를 벌였듯 자네도 그렇게 하려는 모양이지?"

"하하, 뭐 못할 것은 또 뭔가? 구한말 일본 놈들이 강화도에서 행했듯 일본 놈들에게 그대로 돌려줄 용의도 있다네. 특히 독도 갖고 장난질을 하면 정말 본때를 보여주려고 작정하고 있네."

"허어, 이봐 강권이, 아직은 우리나라가 그렇게 큰소리를 칠 상황이 아니지 않은가?"

서원명은 세계가 작정을 하고 왕따시키면 해외 의존도가 극심한 우리나라 실정으로서는 엄청 곤란한 처지에 빠지게 될 것이라는 우려가 들었다. 그런데 강권은 천하태평이었다.

"큰소리를 칠 상황이 아니라는 것이 자원을 해외에 의존한다는 것을 두고 하는 말인가? 그것이라면 내가 다 알아서 해결할 수 있네."

"파동 엔진을 이용하면 연료 문제는 해결이 될 수 있겠지. 하지만 식량이라든가 각종 광산 자원은 어찌 해결하려는가?"

"그런 것은 걱정할 필요가 전혀 없네. 연료든 광산 자원이든 우리나라가 쓸 만큼의 자원은 내가 어떻게든 대줄 수 있으니까 말이야. 다만 내가 우려하고 있는 것은 일본과의 무역 역조를 시정하는 일일세."

"맞아. 그것이 문제이겠구먼."

서원명이 알고 있기로는 2010년 우리나라 무역흑자의

규모가 417억 달러인데 반해 대일 무역적자는 348억 달러였다.

그 원인은 우리나라 주요 수출 품목인 반도체와 가전의 핵심 소재와 부품이 일본에 크게 의존하고 있기 때문이다. 수출이 늘어나면 늘어날수록 무역적자 폭은 커질 수밖에 없는 것이다.

물론 그 대안은 반도체와 가전의 핵심 소재와 부품 산업의 육성이었다.

'이 친구가 과연 대일 무역 역조를 해소시킬 수 있을까?'

서원명은 사실 심히 걱정이 되고 있었다. 첨단 과학으로 만들어졌다는 평가를 받고 있는 '미리내'는 빠르고 튼튼하기는 하지만 달랑 차체뿐이었기 때문이다.

강권이 자신에게 준 '미리내'에는 어떻게 된 것이 에어컨이나 히터도 없었고, 심지어 어지간한 소형차에도 다 달려 나오는 네비게이션조차 없었다. 그런데 어떻게 반도체와 가전의 핵심 소재와 부품 산업을 육성할 수 있단 말인가?

하지만 이것은 서원명이 전혀 몰라서 하는 생각이었다.

자기에게 준 '미리내'와 강권이 갖고 있는 '미리내'와는 차원이 다르다는 것을 몰라서 하는 생각일 따름인 것이다.

걸모양은 똑같지만 강권이 갖고 있는 '미리내'의 내부는 어지간한 복충 아파트 정도의 크기인 것을 그가 어찌 알 수 있겠는가. 거기에 온갖 편의 시설이 다 갖추어져 있다는 것을 어찌 생각이나 할 수나 있겠는가.

강권은 서원명의 내심을 알고 있다는 듯 빙그레 미소를 지으며 말했다.

"그러기 위해서 내가 자네에게 권유하고 싶은 경제 정책은 되도록 중소기업을 살리는 방향으로 가야 한다는 것일세. 일본에 의존하고 있는 반도체와 가전의 핵심 소재와 부품을 개발하는 것은 대기업보다는 중소기업이 더 적합하기 때문이지. 그리고 가능하면 가진 자들보다는 서민들의 입장을 대변하는 정부가 되어야 한다고 생각하네."

"휴우, 나도 그럴 생각이네만 우리나라 경제의 80%를 움켜쥐고 있는 상위 1%의 반발이 문제라네. 1공화국 때부터 5공화국 때까지, 아니, 지금도 그들이 정권과 결탁해서 우리나라 정치와 경제를 주물럭거리고 있는 실정이라네. 그렇기 때문에 그들의 자발적인 협조를 기대할 수 없기 때문에 엄청 혼란이 올 것일세. 사실 나부터서라도 내가 갖고 있는 것을 누구에게 선뜻 양보하려 하지 않으려고 할 것이 아니겠는가."

서원명의 말처럼 우리나라에는 알려진 부자보다 알려지지 않은 부자가 더 많았다.

세간에는 오성그룹 회장이 100억 달러 정도를 갖고 있어 우리나라에서 제일 갑부로 알려져 있지만 적어도 100억 달러 이상 가진 자들이 서너 명은 됐다.

강권만 해도 300억 달러 이상을 갖고 있지만 세간에는 20~30억 달러 정도 갖고 있을 것이라는 말이 돌고 있었다.

물론 앞으로 세계 제일 부자가 될 가능성이 많을 것이라고 말들을 하기는 했다.

하지만 강권이 마음을 먹는다면 지금 당장에라도 세계 제일의 갑부로 등극할 수 있는 것은 알지 못했다.

이처럼 세계에서도 진짜 부자들은 외부에 알려지는 것을 극도로 꺼려 했다.

세계 제일의 갑부가 빌 게이츠라고 알려져 있지만 그보다 더 많은 자산을 갖고 있는 사람들이 10여 명 이상은 됐다.

그나마 알려진 로스차일드 가문의 부(富)만 하더라도 빌 게이츠의 족히 서너 배 이상은 될 것이다.

강권이 이처럼 확신하는 이유는 물론 '달' 때문이었다.

큰 도사들은 저잣거리에 있고, 작은 도사들은 산중에 있다는 옛말이 하나도 틀린 게 없었다.

강권은 서원명의 걱정에 대수롭지 않다는 듯 말했다.

"나도 알고 있네. 그래서 생각한 것이 부(富)의 접근에 대한 실질적인 기회 평등이네. 가장 우선적으로 안배해야 할 것이 교육 기회의 실질적 평등을 이루는 것일세. 내가 민족대학 '환'을 설립한 것도 따지고 보면 그것 때문일세. 그러고 나서 이루어져야 할 것이 취업 기회의 실질적 평등이 되겠지."

"그렇지만 그렇게 하기 위해서는 천문학적인 돈이 들 텐데 어떻게 재원을 마련할 셈인가?"

"하하하, 궁하면 통한다고 다 수가 나겠지."

강권이 대수롭지 않게 대답을 했다. 물론 강권에게는 여러 가지 방법이 있었다.

우선 VVIP들이 법망을 교묘하게 속여 가며 숨겨 놓은 은닉 재산을 슬쩍만 하더라도 몇 조는 족히 될 것이고, 이 작업을 세계로 확대한다면 그 수십 배는 될 것이다.

그리고 특허를 받아 놓은 기술을 활용한다면 역시 그 이상 벌 수 있을 것이다. 자기 재산이라고는 단돈 10억도 없는 서원명에게는 뜬구름 잡는 말이 아닐 수 없겠지만 말이다.

서원명은 강권이 대수롭지 않게 대답하자 순간적으로 강권에게 해법이 있음을 알아차렸다.

'이 친구가 이렇게 말할 때는 뭔가 방법이 있다는 것이 분명한데 어떻게 가능하지? 이 친구가 말하는 걸로 봐서는 대학 교육까지 무료로 할 심산인 것 같은데 말이야. 한 해 등록금만 하더라도 모두 충당하려면 최소한 20조는 있어야 할 건데 말이지.'

"휴우, 나는 아무리 생각해 봐도 답이 없어 보이는데, 자네, 어떻게 하려는지 힌트라도 주지 않을 텐가?"

"하하하, 정암이, 돈은 돌고 돌아서 돈이라고 했다지. 아마."

강권의 뜬구름 잡는 식의 대답에 더 아리송해지는 서원명이었다.

❖ ❖ ❖

"정만아! 이 대학 정말 웃긴다. 어떻게 군가산점과 출산가산점을 10% 씩이나 주냐? 입사 시험도 아니고 말이야."

"하하하, 동식아, 그것뿐인 줄 알아? 면접 점수가 무려 50%야. 50%. 면접만 잘 보면 무조건 합격한다는 소리 아냐?"

"그러게. 그런데 양심적인 것을 떠나 이 대학 설립자가 좀 모자라는 것 같아. 아니면 돈을 원 없이 쓰려고 작정을 했던가."

"아니, 왜?"

"그렇잖아? 등록금만 일 년에 1,000만원이 넘어가는 대학교를 한 푼도 안 받고 교육을 시켜 주겠다는 것이 말이 돼? 게다가 학교에 다니면서 용돈도 벌 수 있게 해 주겠다는 거야. 너 같으면 그게 말이 된다고 생각해?"

"그건 그렇지. 하지만 학생들로서는 돈이 안 들면 오히려 더 좋은 것 아냐?"

민족대학 '환'은 지방에 있는 신설 대학이지만 등록금이 일체 없다는 것이 세인들의 관심을 끌었다. 게다가 모기업이 지금 세간에 화제가 되고 있는 그룹 '환'이라는 것이 더 흥미로운 요소이기도 했다.

그런데 민족대학 '환'의 신입생 모집 요강에 면접 접수가 50%라는 것이 밝혀지자 사람들은 어리둥절했다.

거기에 군가산점 10%, 출산가산점 10%라는 것을 보고는 황당해하지 않을 수 없었다. 무슨 취업 시험도 아니고 대학 입학에 군가산점은 뭐고 출산가산점은 무어란 말인가?

어떻게 보면 민족대학 '환'의 조건들이 일방적으로 학생들에게 좋은 것처럼 여겨졌지만 학생들에게 꼭 좋은 것만 있는 것은 아니었다.

12시 취침, 06시 기상, 아침 조회 참석 의무화, 게다가 학생들은 학과 프로젝트에 참가를 해야 했다. 딱히 의무적인 것은 아니었지만 학과 프로젝트에 참가하지 않으면 학점에서 엄청 손해를 봤다.

이론 30%, 실기 70%니 학과 프로젝트에 참가하지 않으면 낙제는 필연적이었으니 강요나 다름없었다.

"이거 완전 군대에 가는 것 같은 걸? 이래 가지고 어디 학문에 자유로운 상아탑이라 할 수 있을까?"

"그러게 말이야. 못사는 집 애들이나 가려 하지 웬만큼 사는 집 아이들이 가려 할까?"

"맞아. 아무래도 민족대학 '환' 관계자들이 잘못 생각하고 있는 것 같아. 예전에야 못사는 집 아이들이 공부를 잘한다고 했지만 지금은 돈이 있어야 공부도 잘하잖아? 이거 돈은 돈대로 들이고 고만고만한 애들이나 뒤치다꺼리하겠다는 거지 뭐야."

"그래도 요즘 등록금이 워낙 비싸 중산층 아이들도 서로 가려고 할 거야."

"과연 그럴까? 저렇게 4년을 마치고 다시 2년 동안 군대에 가면 6년 동안 군 생활하는 거잖아?"

문제는 잘 알려져 있지 않았지만 대학 강사진의 스펙이 엄청나다는 것이었다. 노벨상을 받은 학자들이 10여 명에 나머지도 대부분 학계에서 방귀깨나 뀐다는 석학들이었다.

이런 중요한 것이 알려지지 않았던 것에는 대선이니 도쿄 선언이니 여러 가지 이유가 있었지만 보수 언론에서 그룹 '환'을 곱게 보지 않은 게 가장 컸다.

사람들의 생각처럼 엄청 많은 학생들이 민족대학 '환'에 지원했다.

그런데 사람들의 생각과는 달리 의외로 상류층의 자제로 보이는 학생들이 대거 입학원서를 냈다.

그중 하나인 정원 그룹 회장의 막내아들인 백시후.

백시후는 대기업 CEO의 아들답지 않게 존스홉킨스 대학에서 생명공학을 전공하고 싶어 했다.

하지만 아버지 백성도의 명령에 민족대학 '환'에 지원해야 했다. 자기 말을 듣지 않으면 연을 끊겠다는 데야 어쩔 수 없이 따라야 했던 것이다.

그나마 마음에 드는 것은 교수진이었다.

자신이 가려던 존스홉킨스 대학에서 생명공학과 학과

장이던 그레고리 쿡스 박사가 민족대학 '환'의 교수진에 끼어 있다는 것을 발견하고는 더 이상 불평을 하지 않기로 했다.

그런데 황당한 것은 그레고리 쿡스 교수가 학과장도 아니고 겨우 정교수 자리를 차지하고 있다는 것이었다.

'제기랄, 얼마나 돈을 처발랐으면 이런 석학들이 겨우 정교수로 오나?'

하지만 백시후는 이내 이 생각에 의구심을 가질 수밖에 없었다.

백시후도 재벌들의 돈지랄이 장난이 아님을 종종 목격했기에 그레고리 쿡스 같은 석학들에게는 돈지랄이 통하지 않는다는 것을 잘 알고 있었기 때문이다.

'이거 도대체 어찌 된 일이람?'

이런 의문을 가진 사람은 백시후뿐만이 아니었다.

로봇공학의 당대 일인자로 평가를 받고 있는 윌리암스 박사, 분자물리학의 거두인 테세른 박사, 나노공학의 선두주자인 캐서린 박사 등등 교수진들의 위용에 의문을 갖지 않으면 그게 더 이상할 일이었다.

인문대학도 이공계 못지않은 석학들이 있었다.

노벨문학상 수상자들만 세 명이고, 베스트셀러 작가들도 여러 명이었다.

상경대학의 교수들 스펙 또한 만만치 않았다.

게다가 미대나 음대의 교수진들도 당대 최고라 할 만했다.

이런 교수진을 꾸리려면 그만한 투자를 해야 하는데 어지간한 돈으로는 명함도 내밀지 못할 것이다.

신입생 모집 요강에서부터 세인들을 의아하게 만들었던 민족대학 '환' 은 면접 시험도 다른 대학과는 완전 차별적이었다.

교수들과의 면접에 앞서 뇌파측정기를 머리에 두르고 화면을 보는 것으로 면접을 시작했다.

물론 지원 학과별로 학생들이 본 화면은 전부 다른 것들이었다.

학과와 관련된 화면과 그렇지 않은 화면을 번갈아 보여 주고 뇌파의 변화를 측정했다. 그렇지만 제3세계 아이들의 헐벗고 굶주린 장면들이 삽입되어 있는 것은 모든 학생들에게 모두 보여졌다.

"젠장, 무슨 면접이 이러지?"

모든 학생들이 면접을 보고 나서 투덜대는 말이었다.

그렇지만 학생들은 이 방법으로 자신들의 적성과 감성, 인성까지 모두 알아낼 수 있으리라고는 꿈에도 생각지 못할 것이다.

이 방법은 인간의 두뇌에 대해서 어느 정도 파악해 낸 22C 말에나 통용되는 면접법이었다. 적성에 맞는 학과에 이타적인 마음씨를 갖은 사람들을 인재로 만들기 위해서 안성맞춤인 방법이었다.

적성에도 맞지 않는 교육을 시키는 것이나 교육을 시키면 사람들 딱 등쳐 먹을 나쁜 놈들에게는 고등교육을 시키는 것은 사회 자원의 낭비라고 여긴 까닭이었다.

이런 맥락에서 보면 어쩌면 23C는 홍익인간의 이념이 사회에 구현되고 있는지도 몰랐다.

이 면접법의 정확성을 높게 하기 위해서 덧붙이는 것이 바로 교수들의 면접이었다. 이 면접이 바로 현대에 통용되고 있는 것이기도 했다.

"정재명 군, 자네는 법대를 지원했지? 그런데 자네의 적성은 오히려 이공계 쪽이더군. 어떻게 생각하는가?"

"저 그것이…… 휴우, 교수님, 저는 유전자 공학에 흥미가 있는데 부모님들께서 법관이 되기를 원하셔서 어쩔 수 없이 법대를 지원하게 되었습니다."

"그렇다면 지금에라도 유전자 공학과에 가고 싶은 생

각은 있는가?"

"교수님, 저도 그러고 싶지만 재수하기가 만만치 않습니다."

시험관은 정재명의 얼굴을 물끄러미 쳐다보다가 면접과는 전혀 상관이 없어 보이는 엉뚱한 질문을 했다.

"정재명 군, 혹시 자네 사주를 알고 있나?"

"예. 생년월일은 주민등록번호랑 같고, 인시에 태어났다고 합니다."

"그래? 어디 보자…… 자네가 유전자 공학과에 들어가서 노력을 하면 30년 후에 노벨상을 탈 수 있는데도 법대를 고집하겠나?"

"예에? 노벨상이요? 휴우, 교수님, 말씀이야 고맙지만 부모님들께서 법대에 들어가지 않으면 등록금이고 뭐고 없다고 하셔서 어쩔 수 없습니다."

"정재명 학생, 만약에 경제적인 문제가 해결이 된다면 유전자 공학과에 들어가겠는가?"

정재명은 면접관의 진지하게 말하는 모양을 보고 농담이 아님을 느꼈는지 그러겠다고 대답했다.

"정재명 학생, 1차 합격일세. 물론 신학기 전까지 고등학교 때 못다 배운 이공계 과목을 죽어라고 보충해야 하는 절차는 남았지만 말일세. 말하자면 조건부 합격이네."

"예. 조건부 합격이요?"

"그렇다네. 당장 현무관(玄武館)에 입관을 하고 이공계 과목을 수강하도록 하게. 시험에 통과해야 온전한 합격이 될 것일세."

"현무관에 입관하려면 어떻게 하면 되죠? 또 필요한 것은 어떤 것이 있습니까?"

"현무관은 이 건물 뒤쪽에 있네. 거기에 가면 생활하는데 필요한 모든 것이 구비되어 있으니 몸만 가면 될 것이네."

정재명은 합격했다는 말에 좋으면서도 황당해졌다.

'무슨 대학을 사주 보고 뽑아? 그리고 1차 합격은 또 뭐고?'

정재명의 면접관은 최강권이었다. 물론 최강권이 모든 학생들의 면접을 본 것은 아니었다. 어느 곳에 뛰어난 적성을 가진데다 인성까지 훌륭한 학생들만 따로 보았던 것이다.

그런데 정작 황당한 사건들은 수능에서 수석을 차지한 강성환 학생이 민족대학 '환'에 불합격되었다는 것이다.

강성환 역시 정재명과 똑같이 음대에 입학할 것을 권유받았는데 거부한 결과 면접 점수에서 28점을 받아 불합격된 것이다.

"아니, 내가 어떻게 불합격된 것입니까? 난 서울대 법대도 합격할 수 있었단 말입니다."

강성환의 항의에 대학 측의 답변은 간단했다.

"강성환 학생은 법학과에 적성이 전혀 맞지 않으니 면접 점수가 28점 받았습니다. 그 결과 과락에 해당하는 60점이 되지 못해 자동 탈락이 된 것입니다."

"엑! 내가 면접 점수에서 28점이라고요? 면접 점수의 산정 기준이 도대체 어떻게 되는 것입니까?"

"강성환 학생은 모집 요강을 읽어 보지 않으신 모양이군요. 모집 요강 18페이지에 보면 '적성이 맞지 않은 학과를 고집할 경우 면접 점수를 0점 처리할 수 있다.'고 되어 있지요? 우리 대학은 수업료 전액 무료에 기숙사까지 제공하고 있습니다. 그렇기 때문에 적성에 맞지 않는 학생에게까지 돈을 낭비하고 싶지 않은 것입니다. 이해하시겠습니까? 우리 면접 자료에 따르면 강성환 학생은 법조계에는 적성이 전혀 맞지 않고 음대 그것도 창작과에 적합한 것으로 나와 있습니다."

"예에? 음대 창작과라고요?"

강성환은 살짝 구미가 당겼다.

사실 그도 작곡하는 것에 흥미를 갖고 있었고 나름 몇 곡을 작곡하기도 했다. 하지만 그것은 어디까지나 취미 생활쯤으로 여기고 있었던 것이다.

"그렇다면 구제 방법은 없습니까?"

"지금에라도 음대 창작과에 입학하겠다고 한다면 특별 전형으로 합격시켜드리겠습니다."

"예에? 지금에라도 음대 창작과에 입학 신청을 하라고요?"

"법조계에 대한 학생의 적성은 최하급입니다. 그런데 음대 창작과에 대한 적성은 최상급이지요. 백분율로 따지자면 80점대가 되겠군요. 참고로 말하면 팝의 황제라는 마이클 잭슨의 음악에 대한 적성은 60점대에 불과합니다. 물론 마이클 잭슨에 대한 적성지수는 추정치입니다. 입장을 바꿔 놓고 생각해 보십시오. 학생 같으면 적성에 맞는 그런 인재에게 돈을 쓰고 싶지 단지 수능에 점수를 잘 받았다고 해서 적성에도 맞지 않는 학과에 가려는 학생에게 돈을 쓰고 싶겠습니까?"

강성환은 면접관의 말이 그럴듯하다고 생각되어 대꾸를 할 수 없었다. 그렇다고 주위의 기대를 저버리고 음악 창작과를 택하기도 애매해 결국 포기할 수밖에 없었다.

"강성환 학생, 2월 중순까지 생각할 수 있는 시간을 주겠으니 생각이 바뀌면 연락을 하십시오. 연락처는 모집 요강에 나와 있습니다. 참고로 말하자면 앞으로는 지성보

다는 감성이 좌우하는 세계가 펼쳐진다고 얘기해 주고 싶
네요."

'지성보다는 감성이라고?'

순간 강성환의 뇌리에는 천둥이 치는 것 같았다.

강성환은 그동안 부모님들을 설득해 보고 안 되면 몸
만이라도 다시 민족대학 '환'에 오기로 결정을 했다.

민족대학 '환'에 합격한 학생은 정재명처럼 전과를 한
조건부 합격자까지 총 28명에 불과했다. 민족대학 '환'
에는 18개 대학에 학과가 88개가 있으니 학생이 없는
대학도 있었고 학과는 말할 필요도 없었다.

또 5만 6천 명이 넘는 학생들이 응시해서 28명이 합
격을 했으니 합격률이 0.0005%에 못 미쳤다. 그래서
혹자는 생색내기용 이벤트였다는 말까지도 서슴지 않았
다.

그렇지만 강권은 외눈 하나 깜빡하지 않았다.

그런데 경옥은 강권의 행동이 못마땅한 모양이었다.

"여보, 너무했어요? 학생들을 어떻게 뽑았기에 그런
사태가 빌생했대요? 대학 교육을 최내한 무리 없는 비용
으로 하자는 당신 말대로라면 더 많은 숫자를 뽑아야 하
는 것 아니에요?"

"하하, 내가 왜 너무했나? 그런데 나도 그럴 수밖에

없었다고. 적성에 맞지 않는 학과를 선택한 학생들이 거의 전부인데 날더러 어떻게 하라고. 자기 적성은 생각지도 않고 무조건 인기 있는 학과, 취직이 잘된다고 여겨지는 학과에 응시하니 떨어뜨릴 수밖에."

"그럼 더 이상 뽑지 않을 거예요?"

"일단 두고 보자고. 인성검사에 합격한 학생들로 채우도록 해야지."

강권은 대학 신입생들이 등록을 하는 2월 초 이전에 개별로 통지를 해서 추가 합격을 시켰다.

물론 적성에 맞는 학과를 권해서 학생들이 응낙을 하면 합격시켰다.

그렇게 합격한 인원은 무려 6천여 명이었다. 1차 합격자의 무려 200배가 넘는 숫자였다.

강권은 교수 대 학생 비율을 1:10으로 생각하고 있어서 더 뽑을 수도 있었지만 더 뽑지는 않았다. 이 숫자만해도 대한민국에서 최고 큰 규모를 자랑할 것이지만 강권이 생각하고 있는 규모는 더 컸다.

20개 대학에서 학생 수 미니멈 4만, 맥시멈 6만이고 교수 요원 대략 5천여 명. 이게 강권이 예정하고 있는 민족대학 '환' 의 최종 규모였다.

그렇게 되면 지금 학교 규모로서는 수용이 불가능할

것이다.

그래서 생각한 것이 지금 400만 평인 캠퍼스를 더 늘릴 작정을 하고 인근 시군에 캠퍼스 부지를 매입하기로 했다.

강권이 생각하고 있는 시군은 충주시, 증평군, 괴산군이었다.

강권은 이것을 논의하기 위해서 이들 지역 단체장들과 회동을 갖기로 했다. 장소는 충주호 인근에 있는 자기 펜션으로 하고 음성군수를 통해 만나자고 했다.

그룹 '환'에서 음성에 고추연구소를 설립해서 음성군수는 강권의 말이라면 죽는 시늉을 할 정도여서 큰 무리는 없었다.

"조 군수, 그룹 '환'의 CEO이신 최 회장님께서 만나자는데 시간 있나?"

"그룹 '환'의 CEO이신 최 회장님께서? 박 군수, 최 회장님께서 무슨 일로 나를 보자고 하시는데?"

"조 군수, 만나면 좋은 일이 생길 테니 이번 주 금요일날 시간 좀 내라고. 최 회장님 별장에서 파티가 있을 것 같으니까 말이야. 참, 최 회장님께서 증평군에 투자를 하실 모양이시니 법무팀장을 대동하는 게 좋을 거야."

"그래? 최 회장님께서 얼마나 투자하실 것 같으신가?"

증평군수는 그룹 '환'에서 엄청 투자를 해서 재정 자립도가 거의 70%에 육박하고 있다는 것을 듣고는 얼마나 배가 아파했던가.

이제 자기가 단체장으로 있는 증평군에도 투자를 한다고 하니까 조한옥 증평군수는 귀가 번쩍 뜨이는 것을 느꼈다.

"아마, 우리 군에 버금가게 투자를 하실 것 같더라고. 참, 조 군수는 충주시장과 친척이라고 했지? 충주시장에게도 오라고 전해 줄 수 있겠지? 나는 괴산군수에게 연락을 해야 하니 꼭 좀 부탁할게."

"아암, 물론이지. 그런 소식을 전하는 거야 백번 환영이지."

우리나라 시의 평균 재정 자립도는 40%가 조금 넘고, 군의 재정 자립도는 그보다 낮아 17~18% 정도에 불과해서 자치 단체장들은 투자를 한다면 깜빡 넘어갈 수밖에 없었다.

이렇게 강권은 충주시장, 증평군수 괴산군수와 회동을 갖고 세 지방 자치 단체에서 각각 200만 평씩의 토지를 평당 10만 원씩에 사는 걸로 MOU를 체결했다.

시장, 군수들도 토지 판매 대금 2,000억 원을 챙기는 외에도 따로 향후 10년 동안 1조 원가량을 투자한다고 했으니 쌍수를 들어 환영했다.

  이렇게 해서 민족대학 '환'은 기존 음성에 있는 400만 평가량의 캠퍼스를 합해 4개 시군에 걸쳐 무려 1,000만 평에 달하는 엄청난 규모의 틀을 잡게 되었다.

제3장
프로젝트, '최대만' (2)

안산정밀은 베어링을 전문적으로 만드는 중소기업이다.

베어링이 간단한 것 같지만 기계에서 베어링이 차지하고 있는 비중은 의외로 컸다. 또한 베어링은 동력을 전달하는데 있어서 없어서는 안 되기 때문에 모든 기계에는 베어링이 필요했다.

특히 정밀성을 요하는 기계일수록 이 베어링의 중요성은 더 컸다. 그리고 베어링의 생명은 베어링을 구성하고 있는 부품들의 강도였다.

안산정밀 사장인 이만복은 부품들의 강도를 높이기 위해서 여러 가지 재질을 사용해서 실험을 했다.

그리고 갖고 있는 재산을 거의 탕진했지만 마침내 고

온, 고압, 진공 상태에서도 별무리가 없는 제품을 만들 수 있었다.

이만복은 자신이 직접 시제품들을 갖고 납품할 기업들을 찾아다녔다.

"베어링을 만들고 있는 안산정밀에서 왔습니다. 이 베어링들을 한 번 사용해 주셨으면 합니다."

"거기 두고 가요."

"그러지 말고 한 번 봐주기만 해 주십시오. 귀사에서 사용하는 일본 히다찌사에서 만든 것보다 질도 좋고 훨씬 저렴하게 공급해 드리겠습니다."

덕풍그룹 자재과 신성욱 대리는 이만복의 말에 그가 가져온 베어링들을 흘끔 쳐다보았다. 금속공학을 전공한 신성욱의 눈에 베어링 몸체가 스텐레스강이나 몰리브덴강처럼 보였다.

스텐레스강은 어떤 요소를 얼마만큼 첨가하느냐에 따라서 여러 가지 용도로 쓰인다. 안타깝게도 아직 국내의 기술로는 일제를 따를 수 없었다.

일본의 경우 스텐레스강을 전문적으로 다루는 회사들이 100여 개 이상이고 그 회사마다 많게는 2,000여 종 이상의 스텐레스를, 적은 곳이라도 수백 개 종류의 스텐레스가 등록되어 있다. 고객이 원하는 정도의 맞춤 강재를 대줄 수 있다는 의미였다.

그에 반해서 아직 우리나라의 경우에는 그처럼 다양하지 못한 것이 현실이었다.

이렇게 알고 있는 신성욱의 눈에도 베어링이 눈에 확 들어왔다.

"베어링에 사용된 볼이 엄청 특이하군요. 무슨 소재를 사용했습니까?"

"예. 우리 회사에서 만드는 베어링의 볼은 세라믹을 사용해서 급유 없이도 견딜 수 있고 또한 큰 하중에도 잘 견딥니다. 게다가 몸체에 사용하고 있는 스텐레스는 몰리브덴과 텅스텐강을 첨가해서 강도가 우수하고 내열성이 뛰어납니다. 또한 마무리로 몰리브덴을 코팅해서 극한 상황에서도 조금도 변형이 일어나지 않는다고 자부합니다."

이만복은 기회는 이때다 싶어 자기 회사 제품의 PR에 거품을 물었다.

"알겠습니다. 실험해 보고 연락을 드리지요. 연락처를 놓고 가십시오."

"예. 예. 고맙습니다. 고맙습니다."

이만복은 얼른 자기 명함을 건네면서 연신 땅이 꺼지라고 굽실거렸다.

이만복의 이런 노력이 하늘을 감동시켰는지 하루 24

시간 풀가동을 해야 겨우 납기를 맞출 정도로 여기저기서 주문이 쇄도했다.

안산정밀의 임직원들도 회사를 평생직장으로 여기고 있어 몸은 고됐지만 자발적으로 나서서 일했다.

불과 한 달 사이에 100억 원의 매출을 올리자 이만복 사장은 직원들의 봉급을 10% 인상해 주었다.

"와하하! 이제는 고생 끝 행복 시작입니다. 저는 우리 회사의 임직원 여러분들의 노고를 잊지 않겠습니다."

"모든 것이 사장님께서 발로 뛴 결과라고 생각합니다. 저희들은 안산정밀을 집처럼 생각하고 열심히 일하겠습니다."

"고맙습니다. 회사가 안정이 되면 점차 직원들의 복지에 신경을 써서 대한민국에서 동급 최고의 복지를 약속드리겠습니다. 또한 직원들에게 과감하게 주식을 공개할 것을 약속드리겠습니다."

이때까지만 해도 안산정밀의 미래는 엄청 밝게 보였다.

그런데 지킬 수 있는 힘을 갖고 있지 못한 자가 보물을 갖고 있는 게 죄라는 말이 안산정밀에 해당될 줄은 생각지 못했다.

원청인 덕풍그룹이 안산정밀을 노리고 술수를 부리고 있었던 것이다.

덕풍그룹은 안산정밀이 기술은 탄탄한데 자금력이 약하다는 걸 알고 재료상들과 짜고 안산정밀을 물 먹이기 시작했다.

"아니, 몰리브덴이 없다니 무슨 말입니까?"

"이 사장님, 오성과 한도에서 갑작스럽게 몰리브덴을 싹쓸이해 버려서 저희들로서도 어쩔 수 없습니다."

"정 사장님, 오성과 한도에서 왜 갑자기 몰리브덴을 싹쓸이할까요?"

"무슨 신소재를 만드는 작업에 쓴다는데, 대기업에서 하는 일을 저희 같은 소상공인들이 알 수가 있겠습니까? 얼핏 듣기로는 덕풍그룹에서 요청이 있어서 그런다고 하는 것 같던데⋯⋯."

"설마?"

그런데 그 설마가 맞았다. 대기업들이 서로 짜고 필요한 것들을 챙겨 주는 것이 관례였다.

가령 A그룹에서 a란 중소기업에 눈독을 들이면 외부의 눈을 의식해 B그룹과 C그룹이 나서서 a사의 자금줄과 재료 구입을 방해하는 식이었다.

겉으로 보기엔 불법이라곤 전혀 없어 a라는 중소기업은 절호의 기회를 놓친 것으로 보일 정도였다.

A그룹과 B, C그룹이 담합해서 불법을 저질렀다는 것

을 a사에서 입증을 해야 하는데 입증이란 게 쉬운 일이 아니었다. 또한 입증을 한다고 해도 이미 a사는 회생 불가 상태에 놓여 버린 뒤였다.

그것을 막아야 하는 정부나 공정거래위원회도 대기업에서 받아 먹은 것이 많아서 실효성 있게 단속을 하지 않았다. 결국 피를 보는 것은 중소기업들 뿐이었다.

덕풍그룹에 주문 물량을 대 주어야 하는 안산정밀로서는 똥줄이 탔지만 방법이 없었다. 그 결과 계약 위반으로 제소가 될 것이고 결국에는 회사를 넘길 수밖에 없게 될 것이다.

이만복 사장과 안산정밀 임직원들은 회사를 구하기 위해 백방으로 뛰어다녔지만 별무소용이었다.

국내 10위 안에 드는 덕풍그룹이 입맛을 다시고 있다는 소문이 돌자 다들 외면했기 때문이었다.

─주인아, 이렇다는데 어떻게 할래?

그렇잖아도 강권은 민족대학 '환' 문제를 일단락 지은 다음에 기술은 있는데 자금이 달려서 고전하고 있는 중소기업들을 찾고 있던 중이었다.

물론 일본에 의존하고 있는 반도체와 가전의 핵심 소재와 부품을 개발하기 위해서였다.

그 중소기업들 중의 하나가 안산정밀이다 보니 '달'의 탐지망에 딱 걸린 것이다.

안산정밀은 나름 기술도 있고 CEO 또한 건전한 정신을 갖고 있어서 조만간 강권이 직접 방문을 하려고 하던 참이었다.

"뭐야? 이런 개자식들 같으니라고. '달' 너는 그런 것들을 죄다 조사해. 그리고 덕풍그룹에 대해서는 털끝만한 것도 죄다 조사해. 분명 비자금을 만들어 두고 있을 거야. 전부 다 말려 버려. 그리고 덕풍그룹이 흔들리고 있다고 증권가에 소문을 퍼뜨리고 주식이 나오는 족족 사들여. 무슨 말인지 알겠지?"

—오케바리. 주인아, 덕풍 먹어 버리게?

"그래. 덕풍그룹뿐만 아니라 안성정밀 건과 관계있는 자들에게 대가를 치르게 하겠어. 안성정밀을 먹으려고 담합한 그룹들도 조사하고 비자금이 있으면 빼돌려서 모두 바하마 군도에 있는 케이힐 뱅크에 넣어 둬. 주식도 과감하게 매수하고."

—으흐흐, 알았음. 오랜만에 주인이 마음에 드는 길.

강권은 '달'에게 이런저런 지시를 내리고 자신이 직접 안산정밀로 가서 이만복 사장을 만났다.

"나는 그룹 '환'의 최강권이라고 합니다. 얼핏 들으니까 몰리브덴과 텅스텐이 필요하다고 하던데 얼마나 있으면 되겠습니까?"

"예에? 그룹 '환'에서 몰리브덴과 텅스텐을 대 주시겠다고요?"

"그렇습니다. 몰리브덴과 텅스텐만 있으면 덕풍그룹과 계약을 이행하는데 문제가 없지요? 그리고 몰리브덴과 텅스텐은 국제 시세로 공급을 해 주면 되겠지요? 참, 자재 대금의 지급은 회사가 안정된 다음에 해도 됩니다."

"예에? 아! 예. 그렇게만 해 주신다면 밤을 새워서라도 납기일을 지키도록 하겠습니다. 고맙습니다. 고맙습니다."

이만복 사장은 최강권의 말이 믿기지 않았다. 위기가 곧 찬스라고 몰리브덴과 텅스텐의 국제 시세라면 기존의 구입 가격보다 훨씬 저렴했다. 거기다 물품도 외상으로 대주겠다지 않는가.

너무 놀란 나머지 어리둥절해하는 이만복 사장에게 강권은 미소를 지으며 말했다.

"몰리브덴과 텅스텐은 내일 새벽 04시까지 필요한 만큼 대 주겠으니 전혀 걱정하지 마시고 제품을 생산하도록 하십시오."

"예. 고맙습니다. 고맙습니다."

강권은 배꼽인사로 감사함을 표시하는 이만복 사장을 뒤로하고 오성과 한도에서 빼돌린 몰리브덴 야적장으로 갔다.

기분 같아서는 몽땅 다 아공간으로 집어넣고 싶었지만 지금 당장에 몰리브덴이 없어진 것을 알면 덕풍에서 또 다른 수작을 부리기 쉬웠다. 괜히 타초경사(打草驚蛇)해서 경각심을 줄 필요는 없는 것이다.

"노옴, 여기 있는 회색 광물을 겉으로 보기에는 전혀 표시나지 않게 옮길 수 있지?"

[흐흐흐, 그 정도야 식은 죽 먹기지. 어디로 옮겨 줄까?]

"일단 야적장 밖으로 옮겨 줘. 내가 아공간에 담아서 옮길게."

[흐흐흐, 알았다. 기다려라.]

노옴의 능력 중에 하나가 꼭 필요한 것들만 챙길 수 있다는 것이었다. 따라서 노옴이 옮기는 것은 순수 몰리브덴이었다. 그 말은 다시 제련할 필요가 전혀 없다는 것이기도 했다.

강권은 노옴이 옮겨 놓은 몰리브덴을 토시에 있는 아공간에 담고 이번엔 텅스텐 야적장으로 갔다.

텅스텐은 우리나라 광물 중 매장량이 세계적인 몇 안 되는 광물이다. 그렇지만 우리나라는 거의 생산을 하지 않고 있다. 중국의 덤핑에 경쟁력이 없기 때문이었다.

세계 텅스텐 생산량의 80% 이상을 중국이 생산하고 있다면 두말할 필요가 없지 않을까. 물론 이 야적장에 쌓여 있는 텅스텐도 중국에서 들여온 것들이었다.

강권은 노옴의 도움으로 텅스텐을 제련해서 토시에 담았다.

모르긴 몰라도 아마 안산정밀에서는 이번에 납품되는 몰리브덴과 텅스텐의 품질에 감탄을 할 것이다.

인간의 기술이 아무리 발전을 했어도 본질에 접근할 수 있는 정령의 그것에는 미치지 못하지 않겠는가.

강권은 일본에 의존하고 있는 반도체와 가전의 핵심 소재와 부품을 국산화하기 위해서 100여 개의 중소기업 들을 선정했다.

그리고 '해'의 도움을 받아 100여 개의 중소기업들을 세 개의 군으로 나누었다.

제1군은 기술과 자본이 탄탄하여 그대로 두어도 잘 돌아가지만 조금만 도와주면 세계 시장을 석권할 수 있는 기업들이었다.

물론 기술이 탄탄하다고 해도 23C 기술들을 상당히 많이 알고 있는 강권의 입장에서 보면 우스운 정도였다. 물론 이 기술들은 모두 서원명의 전생을 읽어서 알아낸 것들이었다.

한 사람이 알고 있는 것이 한정적일 텐데 알아야 얼마나 알겠느냐고 생각할 수 있다. 하지만 그렇게 생각한다면 큰 오산을 하고 있는 것이다. 사람의 두뇌는 보는 것들과 듣는 것들을 모두 저장한다.

물론 저장되어 있다고 해서 전부 아는 것은 아니지만 말이다.

강권의 전생을 읽는 메리트는 이 저장된 지식 모두를 접근할 수 있다는 데 있었다.

서원명의 전생은 무한배낭을 만들어 낼 정도로 뛰어난 과학자였다. 서원명이 그런 과학자가 되기 위해서는 엄청 공부를 했을 것이고 그 과정에서 얻은 지식들은 고스란히 서원명의 두뇌에 저장되어 있었다.

강권은 서원명에게서 얻은 지식들을 '해'에게 분류하게 했고 그 지식들은 이미 체계화되어 있었다.

강권이 세계를 상대로 큰소리를 칠 수 있는 것도 다 이것을 믿고 있었기 때문이다.

제1군에 속해 있는 중소기업들은 그리 많지 않아서 10

여 개 안쪽이었다.

제2군은 안산정밀처럼 기술력은 탄탄한데 자금이 부족한 중소기업들이었다. 선정된 대부분의 기업들이 여기에 속했다.

강권에게는 30조가 넘는 여유 자금이 있었다. 물론 이것을 전부 중소기업에 투자하지 않고 10% 안쪽에서 투자하겠지만 그것으로도 충분할 것이다. 그게 모자란다면 덕풍그룹과 오성그룹 한도그룹의 비자금들을 빼낸 돈으로 충당하면 될 것이고 그것으로 모자란다면 '보라매'를 만들어서 팔면 몇 조가 생길 것이다.

제3군은 자본은 어느 정도 여유가 있는데 기술이 부족한 중소기업들이었다. 이들 상당수는 다른 곳에서 돈을 벌어서 장래를 보고 새로운 곳에 투자하려는 중소기업들이었다.

강권은 이들을 선정하는데 가장 주의를 기울여야 했다. 이들 기업의 CEO들이 과연 제 뱃속 차리기 위한 속셈으로 투자를 하는 것인지 아니면 나름 사명감을 갖고 새로운 분야에 투자를 하는 것인지 불분명했기 때문이다.

❖ ❖ ❖

정도기업은 우리나라에서는 크게 알려져 있지 않지만 밀링과 선반 등 절삭공작기계 분야에는 알아 주는 중견기업이었다.

강권의 분류에 따르면 제1군에 속해 있었다. 자본과 기술이 탄탄하니 정도기업의 임직원들은 재벌그룹도 우습게 여기고 있었다.

그런데 이 정도기업에 그룹 '환'에서 기술을 지원하겠다고 사람이 찾아왔다. 그룹 '환'의 영업부장 이부영이라고 하는 자의 뺑을 듣고 있던 정도기업의 전무이사 조재환은 너무 어이가 없어 헛웃음을 지으며 심드렁하게 대꾸했다.

"허어, 뭐라고요? 다시 한 번 말씀해 주시겠습니까?"

"하하하, 우리나라 말도 못 알아듣습니까? 다시 한 번 말씀드리지요. 귀사에서 절삭공작기계 분야에서는 나름 알아준다고 해서 귀사의 밀링과 선반을 구입해서 분석을 해 보았습니다. 꽤나 잘 만든 것 같기는 한데 미진한 구석이 많더군요. 우리 회장님께서 그걸 보시고는 조건 없이 기술을 전수하라고 하시더군요."

"그것은 우리 기술진으로서도 알아서 할 수 있으니까 그룹 '환'에서 굳이 신경 써 주실 필요가 없을 텐데요?"

"허어, 우리 그룹의 회장님께서 정도기업을 생각해서

서 그렇게 호의를 베풀어 주셨는데 문전박대를 하는 것은 좀 그렇지 않습니까?"

조재환은 이부영의 말에 같잖다는 듯 입맛을 다시며 대꾸했다.

역시 심드렁한 태도는 그대로였다.

"호오, 그래요? 그럼 어떤 기술을 지원하실 것인지 알아나 볼까요?"

이부영은 조재환의 심드렁한 태도에도 화가 나지 않은 듯 빙그레 웃으면서 가방 속에서 뭉툭한 물건을 꺼내더니 이걸 테이퍼 가공을 해 보라고 했다.

"이것을 테이퍼 가공해 주기만 하면 됩니까? 그런데 테이퍼 가공을 하려면 원하시는 수치를 불러 주셔야 할 것 아닙니까?"

"그냥 대충 비스듬하게 깎기만 하시면 됩니다. 아니, 이 금속에 조그만 흠집이라도 내면 정식으로 사과를 드리고 두말하지 않고 돌아가겠습니다."

"이 사람이 보자보자 하니까 정말 너무하네. 당신 우리 회사에 시비를 걸러 왔어?"

"하하, 말씀이 지나치신 것 같군요. 이것을 가공하려다 귀사의 선반이 망가져서 이 금속을 가져온 것입니다. 그렇다면 물건을 판 귀사에서 무언가 납득이 갈 수 있는 답변을 해 주셔야 하는 것 아닐까요?"

"좋소. 멋지게 깎아 보겠소."

정도기업의 후계자이기도 한 조재환은 정도기업에서 만든 모든 제품을 직접 조작할 수 있는 능력을 갖고 있었다.

정도기업의 CEO인 조인성의 경영 철학에 따른 결과였다.

조재환은 자신이 직접 선반 작업을 하면서 도저히 믿어지지 않는 광경을 보게 되었다.

이부영이 테이퍼 가공을 하라고 건네준 뭉툭한 금속은 끄떡도 하지 않고 도리어 선반의 절삭 부분이 뭉그러지고 있었기 때문이다.

"엇! 어떻게 이럴 수가?"

"하하! 만약에 이 금속으로 절삭공작기계를 만들면 어떻습니까? 이래도 내가 장난하러 여기에 왔다고 생각하십니까?"

"죄, 죄송합니다. 이 금속은 어떤 금속입니까?"

"니크로얄몰스텐이라는 합금입니다. 경도(硬度)를 높이는 데 첨가되는 모든 원소들을 조합해서 만들어진 합금이라고 보면 됩니다. 다이아몬드가 모스 경도 10으로 가장 단단하다고 알려져 있는데 니크로얄몰스텐 합금은 그런 다이아몬드보다 수십 배는 더 단단할 것입니다. 우리 회장님께서는 니크로얄몰스텐 합금을 귀사에서 원하는 규격으로 만들어 줄 수 있다고 하셨습니다. 그리고 조건만 맞는다면 니크로얄몰스텐 합금을 만드는 방법도 전수할 수 있다고 하셨습니다."

조재환은 이내 항복하고 정도기업의 CEO인 아버지 조인성과 상의해서 연락을 주기로 했다. 그리고 그날 저녁에 정도기업은 그룹 '환'의 협력업체가 되기로 MOU를 체결했다.

안산정밀이나 정도기업처럼 그룹 '환'의 방문을 받은 대부분의 기업들은 그룹 '환'의 제안에 환영의 뜻을 나타냈다. 하지만 몇몇 업체는 끝내 그룹 '환'의 협력업체가 되기를 거절했다.

강권은 굳이 그들과 손을 잡을 이유가 없다는 것을 느꼈다.

이제 남은 일은 협력업체를 관리하는 방향과 협력업체가 되기를 거절한 회사들에 대한 대안을 마련하는 것이었다.

강권은 김철호에게 이사회를 소집해 이사들에게 협력업체를 맺은 현황을 알려 주고 그 활용 방안을 마련하라고 말했다.

사실 그룹 '환'은 아직 법인 설립 과정 중에 있었고 또 이사라야 강권의 측근들 뿐이어서 그냥 모여서 밥 한 끼 먹는 정도일 뿐이었다.

"김철호 이사, 이사님들에게 협력업체 선정 현황에 대해서 알려 주시오."

"예. 회장님, 우리 '환'에서 선정한 협력업체는 총 108개 중소기업이었습니다. 이 108개 회사 중에서 103개 회사와 협력업체를 맺기로 MOU를 체결했습니다. 여러분들의 협조 덕분에 95% 이상의 성과를 올리게 되었습니다. 다음은 MOU 체결 내용에 대해서 말씀드리겠습니다. MOU체결 내용은 103개 회사가 조금씩 다른데 크게 세 가지 유형으로 나누어집니다. 우선 자본과 기술이 나름 탄탄한 8개 회사는 기술을 지원하면서 일정 비율로 로열티를 받기로 했습니다. 두 번째 기술은 있는데 자본이 빈약한 90개 회사는 자본과 기술을 지원하는 대신에 주식 지분을 양도받았습니다. 세 번째 자본이 있지만 기술이 전무한 5개 회사는 50:50%로 새로운 법인체를 설립하는 것으로 했습니다. 이상이 우리 그룹 '환'의 협력업체 선정 현황이었습니다."

"김철호 이사, 수고했습니다. 그런데 우리가 협력업체

를 맺는데 실패한 회사들에 대해서는 파악이 되었습니까?"

"예. 회장님. 말이야 대기업과 손을 잡으면 종국에는 대기업에 종속된다는 것을 이유로 들지만 회사마다 다른 이유들이 있는 것 같습니다."

"다른 이유들이라면 어떤 이유들입니까?"

"예. 예를 들어 박막저항기(薄膜抵抗器:thin film resistor)와 박막콘덴서(thin film condenser)를 생산하는 애린소자라는 회사는 일본 소니사의 임원과 인척 관계에 있고, 마그네시아 스피넬질 자기를 생산하는 동국자기의 사장이 게이또 재팬사의 사주와 혈연관계에 있는 것 같다고 합니다. 그 외……."

강권은 일본 게이또사의 사주와 혈연관계라는 말에 의아해져서 김철호의 말을 끊고 물었다.

"잠깐, 동국자기의 사장과 게이또 재팬사의 사주와 혈연관계에 있다는 말이 무슨 뜻입니까? 설마 게이또 재팬사의 사주가 임진왜란 때 일본으로 끌려갔던 도공의 후예라는 것은 아니겠지요?"

"하하, 회장님 바로 그 케이스입니다. 알아본 결과 게이또 재팬사의 사주가 임진왜란 때 인질로 끌려갔던 도공의 후손이었습니다."

"그래요? 흥미롭군요. 그러면 김철호 이사, 게이또 재팬사의 사주가 어떤 성향의 사람인지 확인해 보도록 하시오."

"예. 알겠습니다. 회장님. 이어서 못 다한 보고 사항에 대해 보고를 드리도록 하겠습니다. 마그네토다이오드(magnetodiode)를 생산하는 길성전자는 일본 르네사스사의 지분이 오히려 더 많은 것으로 보여집니다. 그래서 다른 회사를 찾아봤는데 사장이 워낙 개판인 사람이라 지원해 주느니 차라리 다시 만드는 것이 좋을 듯싶습니다."

그 외에도 몇 개의 회사가 있었지만 총액이 얼마 되지 않아서 대안을 만드는 회의는 길지 않았다.

대안이야 대체 회사를 만들어서 죽일 회사는 죽이고 경쟁 관계를 이룰 회사들은 경쟁 체제를 유도한다는 것이었다. 원래 협력회사로 선정했던 108여 개 기업 중에서 95% 이상의 회사들과 협력 관계를 맺었으니 이제 대일 무역 역조의 해결은 시간 문제였다.

M경제신문; 모래에서 금맥을 찾다.

주식회사 미래 테크는 모래를 분쇄해서 일정한 세기의 전압을 가해서 순수 금속 실리콘을 만드는 신기술을 개발했다고 발표했다.

미래 테크의 발표에 따르면 이 기술을 이용하면 반도체에 쓰이는 웨이퍼를 손쉽게 만들 수 있으며, 여러 가지 규소 합금을 만드는 데도 유용하다고 한다.

게다가 이 기술을 이용하여 금속 실리콘으로 기존의 비용보다 훨씬 싸고 질 좋은 페리규소를 만들 수 있다고 한다.

변압기의 주요 부품을 만드는데 쓰이는 페리규소는 중국에서 세계 생산량의 3분지 2 이상을 생산하는데 이제 우리나라는 기술의 우위를 바탕으로 유리한 위치를 차지하게 되었다.

한편 이 기술로 만들어지는 규소는 단결정 구조를 가진다는데 더 큰 의의가 있다고 한다.

이 단결정 규소는 웨이퍼(wafer)로 가공되어 트랜지스터, 다이오, 태양광 전지 등을 제작하는데 사용된다. 또한 이렇게 만들어지는 규소는 게르마늄보다 더 높은 온도와 더 짧은 파장에서도 효과적으로 작동하고, 산화물 막을 용이하게 성장시킬 수 있으며, 반도체와 절연체의 접착이 좋기 때문에 반도체 산업에서 보다 많이 사용된다.

……중략…….

전문가에 따르면 이 기술은 최소 수백 억 달러 이상의 경제적 가치가 있다고 한다.

이 모래에서 순수 금속 실리콘을 만드는 기술은 21C 중반 이후에 나오는 기술이었다. 가만 놔두어도 앞으로 20~30년 후에는 나오게 될 기술이라는 말이었다.

강권은 일본에서 개발하게 될 이 기술을 슬쩍 가져다 썼다.

그냥신문; 신 개념의 탄소 섬유 국내에서 개발하다.

IT미림은 인장력이 강철의 수백 배에 달하면서도 수십 배나 가벼운 탄소 섬유를 개발했다고 발표했다.

이 탄소 섬유는 부드럽고 보온성이 뛰어나 방탄복, 방한복을 만드는데 쓰일 수 있으며 특수한 촉매제를 첨가하면 강철보다 단단해져 항공기 동체로도 사용할 수 있다고 한다.

또한 화학반응성이 전혀 없어 탄소 섬유로 만든 로프로 현수교를 만들면 공기가 단축될 뿐만 아니라 유지보수 비용이 현저하게 줄어든다고 한다.

IT미림의 관계자는 수년 내에 탄소 섬유를 사용한 탱

오를 볼 수 있을 것이라는 말을 했다. 중요한 것은 이 탄소 섬유는 군수 산업, 항공 산업, 자동차 산업뿐만 아니라 건축에 있어서도 새로운 시도가 가능하다고 한다.

……중략…….

전문가에 따르면 이 기술이 상용화가 되면 수천 억 달러 이상의 가치가 있다고 한다.

이 기술은 중국 첩보 기관인 MSS 부설 사이버 전략 연구소에서 얻어낸 것이었다.

물론 중국 놈들이 스파이질해서 저장해 놓은 것을 강권이 빼낸 것이었다.

아직 완성형의 기술이 아니었기 때문에 강권이 아니었다면 이 기술의 가치를 제대로 알지 못했을 것이다.

말하자면 강권은 불안전한 기술을 완전한 기술로 만들어서 써먹은 것이었다. 이 탄소 섬유와 단백질 섬유는 강도 면에서는 거의 비슷하고 서로 일장일단이 있었다.

탄소 섬유는 복잡한 공정을 거쳐야 만들 수 있지만 화학반응성이 거의 없다는 점에서 극한 환경에서 써먹기 딱 좋은 기술이었다. 반면에 단백질 섬유는 만들기는 엄청 쉽지만 특정한 화학약품에는 취약했다.

강권이 '보라매'를 파리 잡듯 잡을 수 있다고 말했던

것은 바로 그 때문이었다.

내일경제; 우경바이오 일내다.

우경바이오는 금일 과일처럼 쌀이 열리는 쌀나무를 개발했다고 발표했다.

관계자에 따르면 이 쌀나무에서 열리는 쌀은 다량의 항산화 물질이 들어 있어 성인병에도 좋을 뿐만 아니라 DHA도 풍부해서 두뇌에도 탁월한 효과가 있다고 한다. 또한 병충해와 추위에 강해서 일손이 크게 줄어들고 단위 면적당 생산량이 기존에 비해서 거의 다섯 배 이상이어서 농가 소득에 크게 기여할 수 있다고 한다.

다만, 쌀나무 열매가 너무 커서 밥을 해 먹으려면 특별한 공정을 거쳐야 한다는 게 문제점이라고 한다.

하지만 농산물을 외국에 의존해야 하는 우리나라로서는 큰 버팀목을 얻었다는데 의의가 있다고 하지 않을 수 없다.

……중략…….

우경바이오 관계자에 따르면 앞으로 수년 내에 농약과 비료가 전혀 필요 없는 신개념의 농업이 전개될 것이라고 했다.

일부 식자들에게 가장 환영을 받은 신기술이 바로 쌀나무였다. 사람은 먹지 않고 살 수 없다. 이런 생존에 관한 농업 부문을 독점하려는 다국적 기업의 음모가 상당히 진척이 된 상태라는 것을 식자들이 알고 있기 때문이었다.

일례를 들어 종자가 없으면 식량을 생산할 수 없다. 그런데 다국적 기업에서 종자를 독점해서 자사에서 판매하는 종자가 아니면 농사를 지을 수 없게 만들었다.

유전자공학을 이용해서 수정이 되지 않게 만들어 예전처럼 자기 논밭에서 생산한 종자로는 열매를 맺지 못하게 만든 것이 그것이었다.

이것은 세계의(특히 제3세계의) 농업이 다국적 기업인 종자회사에 종속되는 결과를 야기할 수 있었다. 더 기가 막힌 것은 미국이나 일본 등 강대국들이 다국적 기업들의 수작을 알면서도 눈감아 주고 있다는 것이었다. 어찌 보면 새로운 형태의 식민지를 만들려는 수작이었다. 실로 가공할 지경이라고 하지 않을 수 없었다.

그런데 이 쌀나무에 관한 경제 신문에 인터뷰 내용 역시 앞으로 전개될 녹색혁명에 극히 소소한 부분에 불과하다는 것을 사람들은 알지 못했다.

23C 의학은 인간의 질병을 음식으로 해결할 수준에

이르렀다. 각기병이나 구루병 등이 비타민 결핍에서 발생한다는 것이 상식이 됐듯 각종 질환의 원인이 특정한 영양소의 결핍에서 오는 것이라는 알아냈다.

우경바이오에서 고혈압성심장질환에는 어떤 음식을 섭취하면 치료가 되고 대동맥류인 경우에는 어떤 음식으로 치료한다는 등의 처방 식물을 생산해 내는 개가를 올리게 된다.

이처럼 경제신문에 연일 신기술의 개발이 발표되고 있었다.

전문가들은 이러한 신기술의 러시는 '미리내' 부터 시작되었다고 평가를 했다. '미리내' 를 이은 '보라매' 로 이제 우리나라는 세계 최고 강대국의 반열에 올랐음을 확신한다고 했다.

하지만 이 신기술들의 상당수가 중국 첩보 기관인 MSS 부설 사이버 전략 연구소에 심어 둔 백오피리스 치우천황으로 얻어 낸 산업 정보라는 것은 알지 못하였다.

더군다나 그 기술들 태반이 21C 중엽 이후에나 나오게 될 기술들이라는 것은 전혀 짐작조차 하지 못했다.

이런 형편이니 원 개발자들도 원천 기술보다 훨씬 나은 기술들이어서 자기네 기술들인지도 알지 못했다.

또한 우리나라에서 전혀 생각지도 못했던 기술들이 쏟아져 나오자 따질 엄두조차 내지 못했다. 대한민국은 비로소 길고 긴 한(恨)의 질곡(桎梏)을 벗고 웅비하고 있는 것이다.

제4장
프로젝트, '최대만' (3)

—나는 헌법을 준수하고 국가를 보위하며 조국의 평화적 통일과 국민의 자유와 복리의 증진 및 민족문화의 창달에 노력하여 대통령으로서의 직책을 성실히 수행할 것을 국민 앞에 엄숙히 선서합니다.

　잠실 실내체육관에 마련된 대통령 취임식장에 수많은 내, 외빈들이 참석한 자리에서 서원명 대통령이 선서를 했다.
　그동안 우리나라 대통령 취임식에는 모습을 보이지 않았던 미국 대통령을 비롯해서 여러 나라의 원수들이 대거 참석했다.

대통령직 인수위원회에서 경호 문제 때문에 몇 번이고 다시 생각해 볼 것을 권유했지만 자기네들이 알아서 하겠다고 우겨서 그렇게 된 것이었다.

우습게 여기던 대한민국 대통령 취임식에 코빼기도 보이지 않았던 미국 대통령의 참석은 전임 대통령들의 취임식과는 사뭇 대조가 되지 않을 수 없었다.

사실 내, 외빈이 많이 참석하는 것은 국가의 위상이 그만큼 높다는 것을 반증하기 때문에 우리나라로서는 반가운 일이었다.

그렇지만 취임식인 2월 25일에 적잖은 눈보라가 몰아친다는 일기 예보 때문에 대통령직 인수위원회에서 취임식 장소를 섭외하느라 골치를 썩여야 했다.

대통령 취임식은 국회에서 치르는 게 관례였지만 들어보지 못했던 나라들의 원수들까지 참석을 하다 보니 국회는 너무 좁았기 때문이었다.

결국 잠실 실내체육관으로 장소를 변경하지 않을 수 없었다.

이런 점에서 보면 서원명 대통령도 체육관 대통령이었다. 물론 빛나리 아저씨와는 전혀 다른 성격의 체육관 대통령이겠지만 말이다.

이렇듯 서원명 대통령의 취임식은 모든 면에서 이전의

취임식과는 확연히 달랐다.

우선 규모 면에서 보면 참석 내, 외빈들의 수가 유례를 찾아볼 수 없을 정도의 역대 최고여서 화제가 되었다.

그리고 예포가 기존의 21발과는 달리 33발을 터트렸다.

원래 관례는 예포가 21발이었지만 33천의 천신들에게 대통령이 되었음을 고해야 한다는 강권의 주장대로 33발을 발사했다.

이것은 단지 이 세상뿐만이 아니라 다른 세상에도 알린다는 자신감의 발현이었다. 이렇게 전개되다 보니 대통령 취임식을 보는 국민들도 하나같이 밝은 표정들이었다.

"재만아! 오늘은 또 무슨 소식이 우리 가슴을 뻥 뚫어 줄까?"

"우리 대통령께서 오늘 취임식에서 역사를 왜곡하려는 책동을 더 이상 좌시하지 않겠다고 하셨는데 일본과 중국을 겨냥해서 한 말씀이 아닐까?"

"아마도 그럴 가능성이 크겠지. 신문 사설들도 온통 대통령께서 취임식에서 새 역사를 시작하면서 과거의 역사를 청산해야 하는 것이 동시대를 살아가는 우리 국민들의 의무라고 주장하셨다고 썼더라고. 히히히, 독도를 자기네 땅이라고 우기는 일본 놈들이나 고구려가 자기네 역사라고 우기는 중국 놈들에게는 식겁할 말이 아니고 뭐겠어?"

"하하하, 맞아. 태진아! 정말이지 금석지감(今昔之感)이 들지 않냐? 얼마 전까지만 해도 우리나라는 이 나라 눈치, 저 나라 눈치 보면서 전전긍긍했었는데 이제는 도리어 큰소리 뻥뻥 치고 있잖아. 그것뿐이면 말도 안 해. 자고 일어나면 몇 백억 달러 가치의 신기술을 개발했다고 떠들어대니 정말이지 요새만 같으면 세상 부러울 게 없어."

막노동으로 생계를 이어 가는 이재만과 송태진이 오늘 하루를 쉬기로 작정한 것도 따지고 보면 너무 즐거웠기 때문이다.

이처럼 둘이 TV를 보면서 즐기고 있는 중에 서원명 대통령의 연설이 끝을 치닫고 있었다.

—나는 국가가 바로 서려면 국민들을 위해서 존재하는 공무원들이 적법 타당하게 행동을 해야 된다고 믿습니다. 나는 서울보다 약간 큰 싱가포르가 세계에서 가장 경쟁력 우위의 나라가 된 것은 리콴유 총리가 공무원 범죄를 잡은 것에 기인한다고 보고 있습니다. 이제 우리나라는 세

계에서도 선도국(先導國)으로 발 돋음하려는 위치에 있습니다. 완전한 선도국이 되려면 반드시 공무원들이 청렴 결백하여 국민의 모범이 되어야 한다고 생각합니다. 이에 나는 형법을 개정하고 특별법을 제정해서라도 공무원 범죄를 뿌리 뽑기 위해서 내 모든 힘을 동원하겠습니다.

이렇게 대통령 취임이 끝나고 기자들의 요청으로 서원명 대통령의 연설회에 대한 정담회(情談會)를 가졌다.

원래는 취임식 축하 공연까지 다 끝나고 난 뒤에 따로 시간을 잡아서 하는 것인데 이번 취임식은 다른 대통령의 취임식과는 완전 차별화된 모습이었다.

"D일보의 주인화 기자입니다. 대통령님께서는 우리나라는 세계에서도 선도국(先導國)으로 발 돋음하려는 위치에 있다는 말씀을 하셨습니다. 혹시 선도국은 선진국을 말씀하려는 게 아닌지? 또 선도국이 맞는다면 그렇게 말씀하신 정확한 의도는 무엇인지 말씀해 주시겠습니까?"

"주인화 기자님, 나는 선진국이 아니고 분명하게 선도국이라는 표현을 썼습니다. 선도국은 말 그대로 앞에서 이끄는 나라를 의미합니다. 기존의 선진국들은 자국의 이익에 너무 충실한 감이 적지 않습니다. 따라서 앞으로 우리 대한민국은 그런 선진국의 개념과는 다른 모습의, 그러니까 홍익인간의 개국 이념에 따라 개발도상국의 발전에 최대한 협력을 하겠다는 표현입니다. 우리나라가 세계 발전을 위해서 공헌을 해야 한다는 것이지요. 지금 당장은 힘들지만 앞으로 차차 개발도상국의 협력을 넓혀 세계가 균등하게 발전할 수 있도록 우리 대한민국의 국내 총생산 10%선까지 쓰려고 계획하고 있습니다."

"H일보의 선준호 기자입니다. 우리나라 국내 총생산은 1조 달러가 넘습니다. 그것의 10%라면 최소한 해마다 1,000억 달러를 개발도상국을 위해서 쓰시겠다는 말인데 그게 과연 가능하다고 생각하십니까?"

선준호의 질문에는 아직 우리나라에도 어려운 사람들이 많은데 그렇게 무리해서 외국을 원조하려 하느냐는 질책이 담겨 있었다.

그것도 그것이지만 아직 선진국에 진입하지도 못했고 또 통일이 되면 막대한 통일 비용을 지불할 일도 갑갑할 노릇이었다. 그런데도 대통령이라는 자가 그런 허튼소리를 하고 있냐는 의도가 담겨 있었던 것이다.

서원명 대통령도 그걸 모르지는 않았다.

"물론 지금 당장은 불가능하다는 것을 알고 있습니다. 그렇지만 전혀 불가능하지는 않다고 생각합니다."

"대통령님, 불가능하지 않다면 구체적인 청사진을 말씀해 주시겠습니까?"

선준호 기자는 대통령이 자기 질문에 두루뭉술하게 넘어간다고 생각했는지 집요하게 물고 늘어졌다.

"하하, 그럼 이것은 순전히 나 혼자의 생각이라는 것을 염두에 두시고 들어주십시오."

서원명 대통령은 물을 마시며 잠시 뜸을 들인 다음에 말을 이었다.

"우선 개발도상국과의 협력은 현금을 주고받는 방식이 아니고 철저하게 현물 위주로 하게 될 것입니다. 예컨대 A라는 국가와 우리나라가 협력 관계를 맺게 되면 A국에서 가장 필요로 하고 또 원하는 것들을 우리 기업들이 하게 될 것입니다. 물론 돈은 우리 정부에서 직접 우리 기업들에게 지급하는 방식을 택하게 될 것입니다. 그런 방식을 사용한다면 국내 총생산 10% 선에서 협력 기금을 쓰더라도 우리 경제에 큰 타격은 없을 것입니다."

"J일보의 주은애 기자입니다. 대통령님, 질문에 앞서 우리나라가 전부 원조를 받던 나라에서 이제 완전하게 원조를 주는 나라로 바뀌었다는데 감개무량한 경의를 표하고 싶습니다. 그런데 대통령님, 우리나라가 원조를 할 나라들을 선정하는데 특별한 원칙이라도 갖고 계십니까?"

"주은애 기자님, 기자님께 답변을 드리기에 앞서 우선 용어에 대해서 짚고 넘어가겠습니다. 원조가 아니고 협력 관계입니다. 원조는 일방적인 지원을 의미하지만 협력 관계는 쌍방의 대등한 지위를 전제로 하는 것입니다. 우리 나라가 수많은 개발도상국보다 조금 앞서간다는 생각을 갖고 있지만 그렇다고 우리나라가 그들보다 전적으로 우월하다고 생각지 않습니다. 역사를 살펴보면 일개 도시국 가에서 대제국을 만든 예도 많고 반대로 대제국이었다가 망해 버린 나라들도 많이 있습니다. 우리나라도 불과 반 세기 전만 해도 외국에 손을 벌리고 눈치를 보는 나라였 습니다. 이제 겨우 형편이 폈다고 다른 나라들을 무시하 는 발언을 해서는 안 된다는 게 본인의 생각이고 의지입 니다."

"예. 죄송합니다. 대통령님. 앞으로 원조라는 말 대신 에 협력 관계라는 용어를 사용하도록 하겠습니다."

"하하하 주은애 기자님, 죄송할 것까지는 없습니다. 그럼 기자님의 질문에 답변을 하도록 하겠습니다. 협력 관계를 맺을 나라들을 선정하는데 우리나라의 경제 발전 의 예를 본받아 성장 거점 방식을 채택하려고 합니다. 예 를 들어 아프리카, 아시아, 중남미 이렇게 대륙별로 권역 을 나누어 그 대륙의 발전에 가장 최적의 나라를 선정하

the 리더

려고 합니다. 물론 그 나라가 우리나라와 협력 관계를 맺
으려는 의지가 있어야 하겠지요."

"G일보의 권상현 기자입니다. 대통령님, 우리나라와
협력 관계를 맺으려는 의지라고 하셨는데 그 의지는 어떻
게 판단하시려는지 기준이 있다면 구체적으로 말씀해 주
십시오."

"판단 기준은 우선 그 나라가 발전하려는 의지가 있는
지 살펴보고, 그 의지가 있다면 다음으로 주위 국가와 더
불어 발전하려는 의지가 있는지 알아보겠습니다. 그렇지
만 무엇보다도 그 나라의 지도자들이 자국 국민들의 권익
을 우선시하려는 생각이 있는지를 염두에 두겠습니다."

이후에도 근 두 시간에 넘도록 질문이 쏟아졌지만 미
리 준비를 했는지 서원명 대통령은 막힘이 없이 답변했
다.

두 시간이 넘어가자 취임식 준비위원장이 나서 더 이
상 질문을 받지 않겠다고 하고는 식순에 따라 축하 공연
을 준비하도록 했다.

"이 자리에 참석하신 내, 외빈 여러분, 그리고 국민 여

러분 안녕하십니까? 저는 지금부터 대통령님의 취임을 축하하는 특별 공연의 사회를 맡게 된 강재석이라고 합니다."

"안녕하십니까? 여러분. 저는 강재석 씨와 공동 사회를 맡게 될 홍태희입니다. 세계를 움직이시는 거물급 인사들을 직접 눈앞에서 뵈니 가슴이 주체할 수 없을 정도로 떨립니다. 실수를 하더라도 예쁘게 봐주세요."

"홍태희 씨는 너무 예쁘시니까 실수도 애교로 보실 것입니다. 안심하십시오. 참, 이 공연은 연예인 여러분들께서 자발적으로 준비하셨다고 하던데 들어 보셨습니까?"

"예. 그동안 대통령 취임식 축하 공연에는 대통령직 인수인원회에서 음으로 양으로 출연 연예인들을 강요해 왔었다고 하더군요. 그래서 이번에는 인수위원회에서 축하 공연 자체를 없애려고 했다고 그러더라고요. 그런데 연예인들이 몇 번을 간청해서 이루어지게 되었다는 얘기를 들었습니다. 사실 저도 노개런티로 이 무대에 선 것이구요."

"하하, 홍태희 씨, 이런 자리에서 돈 애기는 좀 그렇죠? 사실 저도 노개런티이기는 합니다만. 여담은 이만 접기로 하고 다시 본론으로 들어가겠습니다. 이번 특별

공연이 연예인들이 자발적인 참여에 의해 이루어졌다는 의미에서 이번 서원명 대통령 취임 축하 공연은 완전 차별화되었다고 보고 싶군요. 이런 역사적인 특별 공연의 첫 테이프를 끊는 복 많은 연예인은 누구죠?"

"예. 이분은 주로 세계 각국의 정상들 앞에서 공연을 하시는 분이시죠. 여러분, 세계가 주목하는 가수 예리나 양을 소개하겠습니다."

"와!"

[저 레이디는 그때 그 아가씨로군.]

[예. 그렇습니다. 미스터 프레지던트.]

[저 레이디라면 그래도 이곳에 있는 게 헛고생만은 아니로군.]

사실 버라마 미국 대통령은 이 자리가 상당히 부담스러운 자리였다.

지금까지 미국 대통령이란 자리는 어느 누구의 눈치를 보거나 하는 하찮은 것이 아니었다. 그런데 지금은 대한민국이란 조그만 나라의 눈치를 보며 원치 않은 곳에 와서 자기의 의사와는 전혀 상반되게 앉아 있어야 했다.

그 조그만 나라의 대통령인 서원명이 아직 자리를 지키고 있다는 이유만으로 말이다.

이런 쓸쓸한 버라마의 심사를 알아차리기라도 한 듯 예리나는 강권이 작사, 작곡한 'Life Is Beautiful Thing.'을 불렀다.

그간 노력을 많이 한 듯 예리나의 노래는 강권만큼은 못해도 나름 경지에 올라 있었다.

예리나가 펼치는 봉황음의 조(調) 자 결은 그런대로 쓸쓸해 하는 외국 정상들의 마음을 다독거려 새 희망을 갖게 만들기에 충분했다.

그래서인지 예리나의 뒤를 이은 '뮤즈 걸스'와 '원더 키드'의 공연은 상당한 호응을 불러일으켰다.

'역시 K—Pop이 인기가 있는 이유가 있어.'

외국정상들과 귀빈들은 이렇게 생각했다. 그렇지만 꼭 그 이유만은 아니라는 것은 알지 못했다.

예리나의 노래 때문에 외국 정상들은 서원명 대통령의 정담회(情談會)를 지켜보면서 뒤집어졌던 속내 따위는 잊어버리고 공연에 몰입할 수 있었던 것이다. 예리나의 노래로 응어리가 풀어졌기 때문이다.

마지막을 장식한 가수는 이미 세계적인 스타가 된 강권이었다.

강권은 봉황음 중의 '환(幻)' 자 결을 운용해서 신곡 'The Song of Sun(태양의 노래)'를 불렀다.

봉황음 중의 '환(幻)' 자 결에는 사람의 마음을 매혹시켜 환상을 갖게 하는 힘이 있었고 태양의 노래는 은근히 대한민국을 우호적으로 보게 만들었다.

이 정도라면 강권이 굳이 대통령 취임식장에 직접 나가서 노래를 부르지는 않았을 것이다.

봉황음 중의 '환(幻)' 자 결과 'The Song of Sun(태양의 노래)'가 만나면 듣는 사람으로 하여금 가최면(假催眠) 상태에 빠지게 되었다. 물론 지금 당장 최면에 빠지지 않았지만 일정한 조건이 만들어지면 대한민국을 해치는 행동을 할 수 없게 만들었다.

그래서 지금 이 자리에 있는 사람들은 왠지 모르게 대한민국이 좋고, 대한민국에 대해 좋지 않은 행동을 하면 벌을 받을 것 같은 마음을 갖게 되었다.

말하자면 강권이 부른 '태양의 노래'를 들은 사람들은 CM을 엄청 보아서 핸드폰 하면 어떤 제품이고, 자동차 하면 어떤 회사 것이 최고라는 생각을 갖고 있는 것과 동일한 상태에 있게 되었다는 것이다.

4분 19초에 불과한 '태양의 노래'는 단군 조선 이전의 고대 '환' 국의 음공 봉황음과 23C 과학이 결합되어 있는 '최대만' 프로젝트의 결정판이었다.

물론 이것은 강권만 알고 있는 사실이었다.

❖ ❖ ❖

　매스컴과 국민들은 대한민국의 제18대 대통령인 서원명 대통령이 취임식장에서 한 연설을 놓고 하루 종일 떠들었다.

　이번 임기 내에 고등학교까지 무상 교육을 하겠다는 대목에선 환영의 뜻을 나타냈지만 의무병 제도를 차차 지원병 제도로 바꾸어 나가겠다는 대목에선 부정적인 견해가 월등했다.

　아직 통일이 되지 못했고 우리나라를 중심으로 세계 4대 강국들의 이해관계가 얽혀있기 때문에 더 그러하다는 것이었다.

　하지만 '보라매' 1개 편대가 대통령의 취임을 축하하는 비행에 매스컴들이 4개 항모전단의 위용이라며 떠들어댔다.

　그것으로 그런 우려는 불식되었고 오히려 자신감의 발현이라는 표현으로 바뀌었다.

　또 하나의 화제는 특별법을 제정해서라도 공무원 범죄를 뿌리 뽑겠다는 대통령의 발언이었다.

　서울시보다 조금 큰 싱가포르가 세계에서 가장 경쟁력

이 있게 된 것은 리콴유 총리가 공무원 범죄를 일소한 것이 원동력이라는 것을 부정할 사람은 많지 않다.

국민들은 서원명 대통령의 발언에 찬성의 뜻을 나타내면서도 내심으로는 반신반의 했다.

"명석아, 너는 대통령께서 취임식에서 공무원 범죄를 뿌리 뽑기 위해서 특별법을 제정하시겠다고 하셨는데 어떻게 생각하나?"

"생각이야 좋지. 그렇지만 실효성이 있을까? 일단 법을 만드는 국회의원부터 제 밥그릇 챙기기 바쁜데 과연 특별법이 만들어질 수 있다고 생각해?"

"하긴 그렇지. 그 나물에 그 밥이라고 수억 들여서 된 국회의원이 본전 이상을 뽑으려면 껄끄러운 법이 없어야 하겠지."

이렇듯 나름 투철한 사명 의식을 갖고 있는 의원들도 많지만 그렇지 않은 의원들이 많은 것이 현실이었다. 오죽했으면 코미디언들이 국회의원 되는 것을 두고 풍자했을까?

사실 국회의원들은 그동안 대통령이나 장관들은 엄청까는데 자기들끼리는 철저하게 감싸고 제 밥그릇은 철저하게 챙기려 들었다.

그런 국회의원들이 제 밥그릇이 날아가게 될 수도 있

는 법을 만들려고 하겠는가? 2001년 6월 28일 국회 표결에 붙여 통과된 부패방지법만 봐도 통과 직전에 여야가 합의로써 법의 근본 취지를 빈껍데기로 만들어 버린 전례가 있었다.

업무 외 소득 제한, 금지된 선물 목록과 처리 절차, 부정 공직자 취업 제한, 재산 등록 의무자 확대 등 공직자의 부정부패를 예방할 수 있는 조항을 모두 삭제한 것이 그것이었다.

이런 것을 알고 있는 오명석의 시큰둥한 대답에 임윤재는 은근한 어조로 자기 생각을 얘기했다.

"그래서 말인데. 우리 특별법 만들기 청원을 하는 게 어떻겠어? 공무원의 부정부패를 척결하려는 대통령의 의지에 힘을 실어 주면 법을 만들기가 훨씬 수월하지 않겠냐?"

"하긴 그럴 수도 있겠다. 청원법 제4조 3호에도 법률, 명령, 조례, 규칙 등의 제정, 개정 또는 폐지는 청원 대상에 포함이 되니까 합법적이고 말이야."

"어때? 우리 국민들을 대상으로 특별법을 만드는 청원 운동을 전개하는 것 말이야."

그것이 '공무원 부정 방지 특별법' 청원 운동의 시작이었다.

둘이 시작한 '공무원 부정 방지 특별법'의 청원은 인터넷 서명 운동으로 판을 키웠으며 마침내 TV 토론으로까지 발전되었다.

하지만 이 TV 토론이라는 것이 2001년 6월 28일 통과된 부패방지법의 재판에 불과할 따름이었다. 기득권자들이 자신들의 이득을 쉽사리 포기할 이유가 없는 까닭이었다.

강권은 청와대에서 이 TV 토론을 서원명 대통령과 보고 있었다. 강권을 비롯해서 최창하, 강석천, 조호명 등 이른바 '거여결의'의 당사자들이 서원명의 대통령 당선을 축하해 주는 축하연을 하고 있었던 까닭이었다.

"저, 저 자식들을 그냥. 휴우, 저런 자식들은 죄다 쓸어버려야 우리나라가 제대로 돌아간다니까."

"하하하, 이봐! 창하, 자네 군인 아니랄까 봐 그런 식으로밖에 말하지 못하는가?"

"원명이, 나는 부정부패라면 이가 갈리는 사람이야. 나는 육사를 수석으로 입학해서 수석으로 졸업을 하였고 임관해서도 아직까지 동기들보다 뒤져 본 적이 없었다네. 그런데 그런 내가 장성 진급에서 수차례 탈락을 하다가 여기 조 장군이 내 뒤를 봐주지 않았다면 대령으로 예편이 될 수밖에 없었을 것이네. 돈과 배경이 없어 나와 같

은 경우에 처하게 될 수많은 인재들을 구제하기 위해서라
도 저런 자식들은 다 박살을 내 버려야 한다고 생각하
네."

'거여결의'를 맺은 후에 조호명이 술자리에서 우연찮
게 자신이 진급 심사관이 되어 최창하를 구제해 주었다는
얘기를 들은 최창하는 그게 영 마음에 걸렸던 모양이었
다.

'장성 진급에 최소 1억이 든다고?'

1억이란 돈은 많다면 많은 돈이고 적다면 적은 돈이었
다.

조호명에게서 대령에서 장성이 되려면 접대비 등의 명
목으로 최소한 1억을 써야 한다는 말을 들었을 때 최창하
는 까무러칠 뻔했다.

최창하는 그런 사실을 전혀 몰랐고 설혹 그가 그 사실
을 알았다 해도 꼬장꼬장한 그의 성격상 단 한 푼도 쓰지
않았을 가능성이 컸다.

다행스럽게도 조호명 장군이 그를 잘 봐서 추천을 하
지 않았더라면 대령으로 예편했을 가능성이 컸다.

그러면 평생 꿈이던 장군이 되는 것은 물 건너갔을 것
이다.

이런 사실을 잘 알고 있는 조호명이 웃으며 말했다.

"하하하, 창하 이 친구가 자신이 당했던 일이 생각나서 이러는 모양입니다."

"조 장군, 창하가 당했던 일이라면 어떤 일입니까?"

"하하하, 대통령님, 해마다 육해공 삼군의 장성 진급자 수가 80~90명 정도라는 것은 알고 계실 것입니다. 그 장성 진급 대상자인 대령들이 대략 1억 원 정도를 접대비 등으로 써야 장성으로 진급할 수 있는 것으로 되어 있습니다. 물론 지금은 사정이 많이 바뀌었고 또 그 전부가 그렇다는 것은 아닙니다. 누구 사람이니, 누구 사람이니 이렇게 혈연과 지연, 학연에 의해서 반수 정도는 진급 대상자가 미리 정해져 있기 때문이지요. 그 나머지 반은 뇌물을 써야 장성으로 진급할 수 있는 것이 관례처럼 되어 있었습니다. 그 뇌물들은 삼군 본부, 국회 국방위원회 국회의원들, 청와대, 이렇게 나누어 먹었습니다. 그런데 워낙 교묘해서 입증하기가 엄청 힘들고 워낙 거물들이어서 누구 하나 그 내막을 캐려고 시도조차 하지 못했습니다. 그렇지만 끼리끼리 해 먹는다는 말이 공공연하게 나도는 게 아니지요."

"어떻게 그럴 수가 있습니까? 나라를 지키는 군대의 수장들이 뇌물에 의해서 뽑혀지다니요?"

"하하, 그래도 지금은 60년대에 비하면 많이 좋아진

것입니다. 60년대에 우리나라 예산에서 국방비가 차지하는 비율이 대략 4~5%선으로 알려져 있지만 미국의 원조까지 합하면 실제로는 10% 선이었을 것입니다. 저도 들은 얘기입니다만 5.16 쿠데타로 집권한 군사정권 시절에 국방비의 상당 부분을 군부 고위 장교와 하사관들이 짜고 전용했다고 합니다. 예를 들어 미군의 원조 물품들이 부산항이나 인천항에 도착하게 되면 바로 그 다음 날 원조 물품들은 군부 고위 장교와 짠 브로커들이 가져갔다고 합니다. 그렇게 번 돈은 일정 부분 위로 상납이 되었다고 합니다. 그것뿐만이 아니라 연료용으로 지급된 기름이라든가 부식, 심지어 군복이나 군화까지도 다 윗대가리들이 빼내서 팔고 정작 사용해야 할 군인들은 헐벗고 굶주림에 떨었다고 합니다. 이런 관례가 민주화 군대가 되기 전까지 계속되었다고 보면 됩니다."

조호명은 서원명 대통령보다 여섯 살이 많고 학번은 74학번이어서 7년이 위였다. 그 말은 70년대에 소위로 군대 생활을 했었다는 말이다.

따라서 이들보다는 군대의 비리에 대해서는 더 잘 알고, 더 많이 경험했다고 보면 된다. 또한 조호명은 이른바 TK 출신이어서 진급도 빨랐고 군대에서 어떻게 돈을 만드는지도 잘 알고 있었다.

조호명이 TK 출신이면서도 살아남을 수 있었던 것은 알아도 모르는 척하고 또 자기 것은 하나도 챙기지 않고 전부 양보했기 때문이다. 이렇기 때문에 어떤 면에서 보면 조호명이야말로 군부 비리를 꿰뚫고 있다고 할 수 있었다.

서원명은 조호명에 대해서 나름 겪어 봐서 그가 실없는 말을 하지 않는다는 것을 잘 알고 있었다.

"하아, 어떻게 법조계든 경제계든 군부까지 대한민국에 깨끗한 구석이 하나도 없다는 말인가? 도대체 이 노릇을 어떻게 하면 좋을꼬?"

서원명 대통령은 대한민국 전(全) 방위의 부정과 비리에 맞서 싸워야 하는 자신의 앞날이 순탄치만은 않음에 한탄하지 않을 수 없었다.

그런데다 TV 토론을 보니 자신이 국회의원 초선 때 국회에서 통과시킨 영양가 하나 없는 부패방지법을 통과시킬 때의 상황과 하나도 다르지 않았다.

그러니 절로 한숨만 나오지 않을 수 없는 것이다.

"하하, 이 사람 정암이, 답답한가 보구먼. 그럼 자네가 TV 토론에 나가 바로잡아 보지 그러나?"

"허어, 이 사람 강권이, 명색이 대통령이 TV에 나가서 패널들과 막장까지 가란 말인가?"

"허어, 이 사람 정신을 차리려면 아직 멀었구먼. 자네가 대통령이 되려는 것이 체면이나 세우자는 일이었나? 국가와 민족의 미래를 위해서 깨끗한 풍토를 조성하려던 것이 아니었단 말인가? 패널들과 말싸움을 하면 어떻고, 드잡이를 하면 또 어떤가? 그것이 진정으로 국가와 민족의 미래를 위하는 일이라면 당연히 해야 하는 일이 아니겠는가?"

서원명은 강권의 말에 정신이 번쩍 들었다.

강권의 말대로 자신이 대통령이 되려 한 것은 명예를 생각하고 체면을 세우려는 것이 아니라 보통 사람이 납득이 가는 사회를 만들려는 것이었다.

그렇다면 자신의 체면 따위는 좀 구겨지더라도 새로운 비전을 제시해야 하는 것이라는 생각이 든 것이다.

"강권이 미안하네. 자네 때문에 대통령이 되었는데 나는 스스로 잘 나서 대통령이 된 것으로 착각을 하고 있구먼. 앞으로 그런 일이 없도록 하겠네."

"알면 되었네. 그런데 TV 토론에 나가서 논리 전개를 어떻게 하려는가?"

"TV 토론을 보면서 기득권층의 논리를 뒤집을 방법을 지금부터 연구해 봐야지."

"그러지 말고 전혀 다른 논리로 전개해 가게."

"전혀 다른 논리라는 게 무슨 의미인가?"

서원명은 강권의 말을 전혀 알아들을 수 없어 되묻지 않을 수 없었다.

강권은 빙그레 웃으면서 하나하나 짚어 주었다.

"첫째, '특별한 지위의 이론'을 전개하게. 이것은 '공무원은 국민의 공복'이라는 동양적인 사상과 '노블리스 오블리제'라는 서양적인 사상을 결합한 이론이네."

사실 이 특별한 지위의 이론은 22C에는 상식처럼 된 이론이었지만 아직까지 어느 누구도 주장하지 않은 이론이었다.

강권은 서원명 대통령에게 생각할 시간을 주기라도 하겠다는 듯 약간 뜸을 들이다 말을 이어 나갔다.

"이 '특별한 지위의 이론'에서 파생되어 나오는 것이 처벌의 강화네. 대체적으로 부정이나 부패가 만연하는 것은 걸리지 않을 확률이 많다는 것과 걸리더라도 처벌이 약하기 때문이라고 보네. 또 여론으로 세상에 알려지지 않으면 자체 내에서 간단한 징계로 그치고 말지. 우스운 것은 그런 자들이 더 빨리 진급한다는 사실일세. 구조적으로 부패하지 않았다면 도저히 있을 수 없는 현상이지. 만약 부정, 부패가 걸리게 되면 부정과 부패로 얻은 이익을 추징하고 거기에 더해 그 몇 배의 벌금까지 물리게 된다면 부정과 부패를 저지르려 하겠는가?"

"으음, 그럴 성싶구먼."

"두 번째로 주장할 이론은 부정과 부패가 공익을 해하고 반민족적 행위임을 들어 '시효 배제 이론'을 원용하도록 하게. 유엔도 2차 대전의 전범(戰犯)이라던가 극악무도한 집단 학살 같은 경우에는 시효를 배제시키고 있네."

강권의 논리는 너무나 파격적이어서 율사 출신인 서원명으로서는 납득이 되지 않는 부분이 많았다. 하지만 강권은 전혀 개의치 않고 말을 이어 나갔다.

"다만 기존의 부정과 부패는 없는 것으로 하고 앞으로의 범죄에 적용시킨다고 하게."

"……."

"세 번째로는 공무원의 지위의 보장을 확실히 하되 부정, 부패에 관해서는 거증 책임을 완화시키는 쪽으로 몰아가게."

서원명 대통령은 * '거증 책임의 전환'이라는 말은 들어 봤어도 '거증 책임의 완화'라는 말은 들어 보지 못했다.

검사 출신의 율사이기도 한 그였기에 강권의 말이 도무지 억지로밖에 들리지 않았다.

the 리더

원래 형사소송법상 '거증 책임'은 공소를 유지하려는 검사에게 있는 것이 원칙이고 예외적으로 두 가지 경우에 거증 책임은 무죄를 주장하는 당사자에게 있다.

형법 제263조와 형법 제310조의 경우이다. 이 경우에는 피고가 자기의 무죄를 증명해야 한다.

이것을 '거증 책임의 전환'이라고 한다.

'그런데 거증 책임의 완화라니……'

강권은 서원명 대통령이 고개를 절레절레 흔드는 것을 보고는 빙그레 웃으며 자기 생각을 말했다.

"공무원 범죄의 경우 신분의 특수성 때문에 울며 겨자 먹기로 당하는 사람이 많아. 다시 말하면 공무원이라는 우월한 지위를 이용해서 사람들을 우려 먹는다는 거야. 당하는 사람들은 원하는 대로 해 주지 않으면 불이익을 당할 가능성이 크기 때문에 들어주지 않을 수 없다는 거지. 사실 거증 책임을 국가기관인 검사에게 지운 것은 절대 권력을 가진 국가로부터 시민들을 지키기 위해서 논의되었던 것이니 우월한 지위를 가진 공무원들에게 원용하겠다는 거야."

"하지만 공무원 범죄를 처리하는 주체가 국가이기 때문에 거증 책임을 공무원에게 지우는 것은 무리가 아닐까?"

"정암이, 현대의 법 체계는 앞서 말했다시피 절대 권력을 가진 국가로부터 국민의 권익을 지켜야 된다는 취지에서 논의되던 것들이 대부분이야. 이제는 국가가 국민을 속박하던 그런 시기와는 전혀 다른 세상이잖아. 국가가 국민의 복지까지 책임지는 세상이란 말이지. 이처럼 판이 완전 달라졌으니 그때와는 다른 논리로 접근해야 하지 않을까?"

강권은 나름의 논리로 자신의 생각을 피력했다.

서원명은 강권의 말이 전혀 이해가 되지 않은 것은 아니었지만 여전히 마음에 와 닿는 것은 아니었다.

"가령 어떤 수입업자가 중국산 고춧가루에 붉은 벽돌을 빻아 넣고 공업용 색소를 사용해서 때깔이 고운 고춧가루를 만들고 태양초라고 속여 수백억을 벌었다고 치자. 지금의 법제하에서 그자에 대한 처벌을 어떻지? 기껏 해봐야 7년 이하의 징역이나 1억원 이하의 벌금형을 병과할 수 있을 따름이겠지. 물론 변호사만 짱짱하게 선임하면 징역도 아니고 벌금 몇 천만 원만 얻어맞겠지. 그러니 다른 사람의 생명이나 건강 따위는 안중에도 두지 않고 어떻게든 돈을 벌려는 것 아니겠는가?"

"그 사례와 '공무원 부정 방지 특별법'을 만드는 것과 무슨 상관이 있는가?"

"하, 자네 몰라서 묻는 것인가? 아니면 이제 대통령이 되었으니 모르는 척하는 것인가? 과연 그들이 수백억을 버는 동안 관계 공무원들이 몰랐을 성싶은가?"

"그, 그거야……."

"이 대한민국이란 나라가 혈연, 지연, 학연에 의해서 움직이고 있다는 것을 아는 사람들은 다 알고 있다네. OECD국가 중에서 중위권에 머물러 있는 게 그나마 다행인 정도지. 공직자윤리라는 인프라가 구축되지 않으면 아무리 좋은 정책이 만들어져도 무슨 소용이 있겠는가? 따라서 공직자윤리를 확립시키지 않는다면 아무리 좋은 제도든 정책이든 다 공염불에 불과할 따름이라네. 따라서 공직자윤리의 확립이야말로 가장 중요한 정책인 것이네."

"자네 말에 공감은 하네. 하지만 논리적인 토대가 만들어지지 않는다면 반발이 엄청날 것일세."

"법 논리적으로 따지자면 순수법학을 주장하는 한스 켈젠의 법 논리가 가장 논리적이지 않겠는가? 하지만 오늘날 켈젠의 법 논리가 먹히고 있는가? 오히려 법 현실과 사회적 현실을 이분한 옐리네크의 사실의 규범력설이 더 먹히고 있다고 생각한다네. 정암이, 국민투표는 뒀다 뭐하나? 국민의 컨센서스를 이끌어 낼 수 있다면 그것이 헌법적 규범력을 지니고 있다는 것을 잊지 말게."

　나찌나, 파시스트가 잘 이용하는 것이 바로 선동이고 국민들의 정서로 포장하는 기술이다. 서원명 대통령은 강권이 주장하는 이러한 힘의 논리에 섬뜩했지만 어쩌면 그의 처방이야말로 우리 실정에 가장 맞을 거라는 생각이 들었다.

　*거증 책임의 전환: 검사는 공익의 대표자로서 범죄수사 및 공소제기와 그 유지에 필요한 사항, 범죄수사에 관한 제반 권한을 가지고 있다. 그러므로 검사가 공소를 제기하면 범죄에 해당한다는 사실과 범죄가 아니라는 것을 입증하는 것이 원칙이다.

　이에 대한 예외로서 상해죄의 동시범 특례를 규정한 형법 제263조와 언론에 관련된 명예훼손과 관련하여 형법 제310조가 있다. 이 두 가지가 예외적으로 피고가 자신의 죄가 없음을 입증하는 경우에 해당하는데 이를 거증 책임의 전환이라고 한다.

: 형법 제263조의 경우: 우연한 여러 사람의 행위가 경합해서 범죄를 되었을 경우 형법 제19조는 독립행위의 경합으로 보고 미수범으로 처벌한다고 규정하고 있다. 그런데 이에 대한 특별규정으로 폭행과 상해를 저질러 누구의 행위에 의해서 상해의 결과가 나왔는지 알 수 없는 경우 폭행과 상해에 가담한 모든 사람을 폭행치상죄, 상해죄로 처벌한다.

다만, 폭행과 상해로 죽음에 이르게 한 폭행치사죄, 상해치사죄의 경우에 판례는 263조를 적용해서 폭행치사죄, 상해치사죄로 처벌을 하지만 학설은 유추해석 금지의 원칙에 반하므로 형법 19조를 적용 미수범으로 처벌하는 것이 옳다는 견해가 다수설이다.

: 형법 제310조는 "진실한 사실로서 오로지 공공의 이익에 관한 때에는 처벌하지 아니한다."고 규정하여 언론의 경우 '공공(익)성' 과 '사실성' 을 전제로 명예훼손죄를 면책을 받을 수 있다.

제5장
공부법(공직자 부패방지를
위한 특별법)을 제정하다

"이번에 서원명 대통령이 TV 토론에 나오신 것은 좀 그렇지 않아?"

"뭐가 좀 그래? 나는 속이 다 시원하던데. 서원명 대통령께서 '기존의 부패와 비리는 봐줄 테니까 앞으로 잘해라. 그렇지 않으면 과거의 잘못까지 죄다 덤터기를 쓰게 될 것이다.' 이렇게 말씀하시는데 너무 멋지더라."

"그건 그렇지만 국가 원수가 대중파 방송에 나와 패널들과 말싸움을 하는 게 체면을 구기는 것 같더라고."

"민기야, 나는 국가와 민족의 미래를 위해서 자기 체면 따위는 아랑곳하지 않는 서원명 대통령이 엄청 감동이던데 너는 그렇지 않냐?"

오민기는 친구 정찬형의 말에 동감하기는 했다. 하지만 법학도인 그로서는 서원명 대통령의 논리가 가슴에 와 닿지 않았다.

'특별한 지위의 이론에서 공무원 처벌의 강화가 나오고, 시효가 배제된다고?'

말은 그럴듯하지만 듣보잡인 특별한 지위의 이론은 법학도인 오민기에게 낯설기만 했다. 과잉처벌이나 평등권 침해로 헌법상으로 보장된 국민의 기본권을 침해하는 이론일 뿐만 아니라 기존의 헌법적 이론 자체를 완전 뒤집어엎는 괴상한 논리였기 때문이었다.

'설령 그 법이 발효가 되더라도 헌법 재판이 엄청 폭주할 것이라는 것을 율사 출신인 서원명 대통령이 그걸 모를 리 없을 텐데 왜 그렇게 강수를 쓰지?'

법학도인 오민기가 이런 의구심을 갖고 있는데 친구 청찬형의 말이 이어졌다.

"공직자의 비리가 직무와 관련되었다고 판명되는 경우에 비리로 얻게 될 이익을 금원으로 환산해서 추징하는 것이 얼마나 통쾌하냐? 게다가 그 환산된 가액이 3천만 원이 넘으면 무조건 하루 3만 5천원으로 환산해서 금고형으로 처하게 하겠다는 것은 완전 만족이야."

"찬형아, 그게 말로는 통쾌할지 모르겠지만 잘못하면

완전 국론 분열을 일으킬 수 있어. 말하자면 보기는 좋은데 먹으면 중독이 되는 독과일 같은 거란 말이다."

"'뇌물을 먹지 마라. 그럼 큰일 난다.' 이렇게 말하는게 어때서? 대다수 국민들에게는 엄청 좋은 일이고 몇몇돈 많은 놈들에게는 엄청 나쁜 일인데 그것이 국론을 분열시키는 거라고? 너는 도대체 누구 편이냐?"

"어휴, 너하고 무슨 말을 하겠냐? 아무튼 막상 그 법이 발효가 된다고 하더라도 제대로 효력을 발휘할 수 있을지는 의문이라는 것만 알아 둬."

오민기의 말은 서원명 대통령이 공부법(공직자 부패방지를 위한 특별법)을 만들어 공고를 하면서부터 맞아 들어가기 시작했다.

가장 두드러진 움직임은 일본회의였다. 일본회의의 매파에서는 기회다 싶었던지 암혈을 움직여 국회를 사주했다.

암혈들은 국회의원들이 뇌물을 철저하게 틀어막은 공직자 부패방지를 위한 특별법에 불만이 많다는 것을 이용했다.

"이건 필시 우리 국회를 자기의 꼭두각시로 만들려는 서원명의 계략입니다. 생각해 보십시오. 정치를 하려면 막대한 돈이 드는데 공직자 부패방지를 위한 특별법을 만들어 돈줄을 꽁꽁 묶어 놓으면 우리들은 어떻게 정치를 합니까?"

"맞습니다. 지역구를 관리하는데 한 달에 얼마나 드는지 아십니까? 2천만 원이 들 때도 있고, 3천만 원이 들 때도 있습니다. 쥐꼬리 같은 세비로는 도저히 감당이 되지 않습니다. 우리가 자선하는 것도 아니고 어떻게 매년 수억을 들여가며 정치를 합니까?"

암혈들의 이런 쑤석거림에 대번 국회의원들을 넘어갈 수밖에 없었다.

국회의원들은 나름 머리를 써서 논리적으로 접근하려 했다. 자칫 잘못하다간 국민들에게 된서리를 맞을 수 있기 때문이었다.

"이러면 어떻겠습니까? 법을 제정하는데 법을 만들라고 만들어 놓은 국가 기관인 국회를 배제시키고 국민투표를 통해 하려는 게 삼권분립을 흔드는 것이라고 주장하는 것입니다."

"삼권분립을 흔드는 것은 명백하게 국가의 기본법인 헌법을 해치는 행위임으로 탄핵사유가 됩니다. 탄핵을 해야 합니다."

"이런 초짜들이 정치를 뭘 알아서 함부로 탄핵질을 하겠다는 거야? 정말 서원명에게 날개를 달아줄 일이 있어? 이미 선례가 있잖아? 선례가."

탄핵을 해야 한다는 일부 국회의원들의 움직임이 있긴 했지만 그 움직임은 소소했다. 이미 선례에서 보듯 효과가 없다고 보았기 때문이다.

"그럼 어떻게 하는 게 좋겠습니까?"

"이 사람아, 생각을 해봐. 생각을. 서원명이 지금 국민을 등에 업고 공부법을 통과시키겠다는 거 아냐? 그럼 우리도 언론 플레이로 여론을 우리 쪽으로 만들어야지."

"신문사들이 과연 동조하려 할까요?"

"이 사람아, 그래서 자넨 아직 초짜를 벗어나지 못하는 거야. 신문사들이 뭣 때문에 대기업에 알랑거리는 줄 알아?"

"아! 광고 때문이군요."

암혈의 선동에 국회의원들은 언론을 통해 공직자 부패 방지를 위한 특별법이 헌법에 어긋난다고 호도하면서 서원명 대통령의 대응을 살폈다.

우리나라의 헌법은 행정은 대통령을 수반으로 하는 행정부에, 사법권은 법원에, 입법권은 국회에 있다고 삼권분립을 규정하고 있습니다. 그런데 대통령이 국회를 배제하고 법을 만든다면 이는 명백하게 헌법을 침해하고 있는 것입니다. 국가의 기본법인 헌법을 침해하는 행위는 명백 하게 국기(國基)를 뒤흔드는 것입니다. 따라서 이는 비 난받아 마땅한 일입니다.

J, G, D 신문들을 중심으로 이런 사설들을 실었지만 서원명 대통령은 콧방귀도 끼지 않았다.

그러자 암혈은 우익단체들을 동원해서 국내 대부분의 일간지에 *전단12칼럼 사이즈의 광고를 개제하기 시작했 다.

이렇듯 여론을 조성하고 난 다음에 몇몇 의원들은 헌 법 재판소에 **권한쟁의심판을 청구했다. 대통령이 입법 부의 권한을 침해했다는 이유에서였다.

광고를 먼저하고 권한쟁의심판을 청구한 이유는 물론 재판에 관한 사항을 광고할 수 없기 때문이었다.

서원명은 강권에게 지금 설치는 놈들이 일본 극우파의 사주를 받은 놈들이라는 것을 듣고는 걱정이 대단했다.

"강권이 자네 말대로 저지르기는 했지만 일본 놈들의 수작에 우리나라의 국론이 분열되는 것 같아 영 마음이 편하지 않네."

"하하하, 정암이, 내가 누군가? 나는 저놈들의 수작을 빤히 읽고 있으니까 너무 걱정하지 말게."

"그렇지만 저놈들의 수작에 넘어가 우리나라의 국론이 분열이 되는 것은 큰 손해가 아닌가?"

"하하, 밖으로 드러난 상처야 꿰매면 그만이지만 안으로 곪은 상처는 째서 고름을 짜내야 하는 것이 올바른 치유법이네. 자기 이익을 위해서 국가와 민족을 배반한 자들을 색출해 내는 것은 보다 나은 미래를 위해서 반드시 꼭 해야 할 일인 것이네."

서원명 대통령은 강권의 말이 맞는다는 것을 알면서도 저들이 헌재에 청구한 권한쟁의심판의 결과가 불안했다.

공직자 부패방지를 위한 특별법을 국회에 보내 국회에서 결정하도록 함이 모양새가 좋았다. 하지만 서원명 대통령은 ***헌법 제72조에 터 잡은 대통령의 권한으로 강권의 말에 따라 이를 국민투표에 부쳤다.

그런데 율사인 서원명의 법 논리로는 헌법 제72조의 기타 국가안위에 관한 중요 정책에 해당할 수는 있겠지만 국회의 고유권한인 입법권을 무시한 월권행위라는 생각이 들었던 것이다.

"하아, 강권이 만약에 말이지. 만약에 헌재가 국회의 손을 들어준다면 사태는 엄청 심각해지네. 그렇게 된다면 나에 대한 탄핵소추까지도 염두에 두어야 할 것이네."

"하하, 걱정하지 말래도. 헌재 재판관 5명만 이편으로 끌어들인다면 때려 죽인다고 해도 저들의 청구가 기각된다는 것을 자네도 잘 알고 있지 않은가? 헌재 재판관 7명에게 이미 손을 쓰고 있다네. 저들 역시 헌재 재판관들에게 손을 썼겠지만 그 과정이 고스란히 내 수중에 들어온 것을 알지 못할 거야."

"그럼 또 불법 도청인가?"

"하하, 따지고 보면 불법은 불법이지만 불법 도청은 아니라네."

서원명 대통령은 강권의 말이 이해가 되지 않았다. 강권의 말을 들어 보면 분명 도청 녹취록을 갖고 있다는 말인데 불법 도청이 아니고 뭐란 말인가?

"강권이 내가 알아듣기 쉽게 설명을 해 주겠나?"

"저들이 헌재 재판관들과 만나서 향응을 제공하고 결정에 대한 대가로 엄청난 이익을 약속하면서 그걸 녹음하는 것도 모자라 몰카까지 찍고 있더란 말이지. 그런데 자네도 알다시피 그쪽 방면에는 내가 꽉 잡고 있지 않은가? 저들에게 가는 것을 내가 슬쩍 가로채 버렸네."

일본 극우파에서 만든 거점 가운데는 텐프로도 있고, 클럽도 있었다. 강권은 암혈들을 쫓는 과정에서 그것을 알아내고 암혈들이 눈치채지 못하도록 사람을 심어 놓았다. 그리고 그 성과물들이 이번에 손에 넣은 몰카 테이프들이었다. 그런 내막을 모르는 서원명 대통령은 기함하지 않을 수 없는 것이다.

"뭐시라? 명색이 국회의원이라는 자들이 어떻게 그런 인간쓰레기들이나 하는 짓거리를 할 수 있단 말인가?"

"정확하게 말하면 그자들은 국회의원은 국회의원인데 그 면면을 보자면 일본 놈들이라네. 일제가 패망하고 미처 일본으로 가지 못한 자들이 우리나라 사람 행세를 하면서 산 자들의 후손들이란 말이네. 일본 극우파에서 그런 자들 중에서 싹수가 있는 자들을 골라서 집중 투자했고, 그 결실로 국회의원들 상당수가 암혈로 활동하고 있다네."

"으드득, 내 목숨을 걸고 저들을 우리나라에서 깡그리 쓸어버리도록 하겠네."

"하하, 자네가 목숨을 걸 필요까지는 없고, 저들이 어떤 인간들이란 것만 기억하고 있으면 되네. 그렇다고 무리할 필요는 없네. 자네는 정당하게 법으로 저들을 상대하도록 하게. 불법적인 부분은 내가 관여할 테니까 말이야."

헌재 재판관 송유석은 정말이지 요즘 같으면 살맛이 났다.

평생을 나름 깨끗하게 살았다고 자부를 했는데 색다른 세상을 경험하고 보니까 그동안 자기가 산 것은 사는 것이 아니었다.

'하! 그 좋은 세상을 경험하지도 못하고 죽었더라면 저승에서 얼마나 후회를 했을까? 고년 참.'

40대 중반에 상처(喪妻)를 하고 10년 넘게 혼자서 산 생각을 하니 자기가 얼마나 멍청했는가 하는 자책감마저 들었다.

자신의 막내딸과 띠 동갑인 함여옥이란 아이를 만나고 술김에 만리장성을 쌓은 다음날 얼마나 자책을 했던가?

그런데 이 함여옥이란 아이가 입안에 혀처럼 자신의 가려운 곳을 긁어 주자 자책은 이미 천 리 밖으로 달아나 버렸다.

"아빠, 아빠는 헌법 재판소 재판관이라면서요? 나는 엄청 머리가 나쁘지만 내 아이들은 머리가 좋았으면 싶어요. 아빠를 빼닮은 아들을 낳고 싶어요."

"허어, 여옥아, 나 같은 늙은이가 뭐가 좋아서 그래?"

"에이, 아빠도. 아빠처럼 훤칠하고 머리가 좋으면 나이가 무슨 상관이 있겠어요? 또 저는 초등학교 때 아빠가 돌아가셔서 아빠 사랑을 받지 못하고 커서 그런지 아빠처럼 나이가 지긋하신 분이 좋아요. 아빠처럼 똑똑한 아들을 갖고 싶어요."

송유석은 순간 ※이사도라 던컨과 조지 버나드 쇼의 일화가 뇌리를 스쳤지만 함여옥의 미소에 그만 허허 웃고 말았다.

"허어, 그것 참……."

그런데 그런 행복감은 한 사내를 만나면서 극도의 경악으로 변해 버렸다.

"송유석 헌재 재판관이시죠? 잠깐 따라오시겠습니까?"

"뭐시라? 자네가 누군데 건방지게 감히 나를 오라 가라 하는가?"

"쩝, 그럼 이 테이프들은 인터넷에 올리도록 하겠습니다. 후회하시지는 마시기 바랍니다. 함여옥이도 참……."

"감히……."

송유석은 사내가 함여옥의 이름을 들먹이자 엄청 화가 났지만 함부로 발작을 하지는 못했다. 자신이 평생 쌓은 명예가 그대로 시궁창에 처박힐 수 있었기 때문이다.

한참을 혼자 붉으락푸르락하던 송유석은 결국 타협을

하고 말았다.

"휴우, 앞장서게."

"제 자에 타시죠."

송유석을 태운 차는 양수리에 있는 어떤 별장으로 갔다.

별장에 들어선 순간 송유석은 경악하고 말았다. 별장 안에는 이미 6명의 헌재 재판관들이 있었던 것이다.

"앗! 어떻게 여러분들이……."

"……."

경악에 빠져 있는 송유석의 귀에 감미로운 목소리가 들렸다.

"여러분들을 초청한 것은 바로 접니다."

"앗! 그대는……."

"그렇습니다. 바로 그룹 '환'의 최강권입니다."

"……."

강권은 가시방석에 앉아 있는 것처럼 전전긍긍하고 있는 헌재 재판관들에게 미소를 지으면서 말했다.

"여러분들은 지금 인생의 갈림길에 서 있습니다. 그 갈림길을 만든 사람이 누굴까요?"

"자네, 이러고도 무사할 성싶은가?"

헌법 재판소 재판관인 송유석의 호통에 강권은 코웃음

을 치며 대꾸했다.

"하하, 똥 싼 놈이 도리어 성질을 낸다고 내가 무얼 어쨌기에 그런 소리를 하지? 자네? 그 입에서 자네라는 말이 나올 수 있는지 한 번 따져 보기로 할까?"

"……."

강권은 으름장을 놓으면서 안광이 번뜩이는 눈으로 쏘아보았다.

7명의 헌법 재판소 재판관들은 강권의 으름장에 안색이 변하면서 고개를 팍 수그렸다. 켕기는 구석이 있는 까닭이었다.

"당신들은 지금 함정에 빠져 있어. 그 함정 내가 팠냐고? 나는 그렇게 치졸하게 손을 쓰지 않아. 이 테이프를 보면 함정을 파놓은 자들이 어떤 자들인지 알 수 있을 거야."

강권이 틀어 놓은 VCR테이프에는 경악스런 내용이 담겨 있었다. 헌법 재판소 재판관들에게 눈에 익은 방과 인물들이 자신들을 상대로 모의를 하고 있는 장면이 모니터에 방영되고 있었던 것이다.

—송유석 그 녀석은 고고한 척하지만 상처를 하고 십여 년 동안 독수공방을 했으니 그럴듯한 애 하나를 안겨

주면 깜빡 넘어갈 거야. 제까짓 게 언제 텐프로 애들을 품을 수나 있깐?

—하하, 그렇지요. 녀석이 돈이 있다고는 해도 텐프로 아이들을 품을 수 있을 정도로 많지는 않지요. 그리고 그 늙어 빠진 녀석은 영계들을 품을 수 있을 주제도 못됩니다. 그럴듯한 아이가 생각나기는 하는데 각하께서 어떻게 생각하실지?

—누군가? 물론 우리 쪽 애겠지?

—여부가 있겠습니까? 함여옥이라고 각하께서 아다라시를 접수한 아이입니다.

"아니! 저자가……."

송유석이 분을 못 이겨 치를 떠는데 화면은 다른 헌법재판소 재판관의 신상으로 넘어가고 있었다.

—조유현, 그자는 어떻게 되어 가고 있지?

—예. 각하, 그 녀석은 동양화에 미쳐 있습니다. 신윤복의 그림 한 점을 준다고 하니까 환장을 하더군요.

—신윤복? 신윤복의 그림은 엄청 비싸지 않나?

—하하, 그따위 조센징에게 진품은 황송하지요. 그래서 기술자들에게 모사를 하도록 시켰습니다. 제가 보더라

도 꼭 진품처럼 아름답더군요. 기술자가 모퉁이에 일장기를 그려 놓았다고 알려 주지 않았더라면 저도 깜빡 속아 넘어갈 뻔했습니다.

"으드득!"

이번에는 조유현 헌재 재판관이 이를 뿌드득 가는데 테이프에는 다시 다른 헌재 재판관의 이야기가 시작되고 있었다.

이렇게 몰카 테이프에는 일곱 명의 헌재 재판관에게 각기 맞춤형의 뇌물을 먹이면서 권한쟁의심판에 청구를 받아들일 것을 주문하는 화면이 담겨 있었다. 그리고 다음에 서원명 대통령의 탄핵 심판에도 관여해 주는 것까지도 담겨 있는 것은 물론이었다.

가증스러운 것은 탄핵 심판 때는 이 테이프로 협박해서 완전 꼭두각시로 만들겠다고 깝치고 있는 것이었다.

테이프가 모두 방영되자 강권이 일곱 명의 헌재 재판관에게 진중하게 물었다.

"여러분들 잘 보셨으리라 믿습니다. 그런데 무언가 이상한 점을 느끼지 못했습니까?"

"이상한 것이라면……."

"아! 말하는 것들을 들으니 어째 일본 놈들처럼 느껴지더군요."

"잘 보셨습니다. 저자들은 일본회의라는 일본 극우단체에서 우리나라에 심어 놓은 고정간첩 같은 자들입니다."

강권은 대한민국 내에 암약하고 있는 세 부류의 일본 극우파인 암혈(暗血)과 진혈(眞血), 가혈(假血)에 대해 이야기해 주었다.

"헐! 그게 사실이요? 정말 저 이균환이라는 자가 순혈 일본 놈인 암혈이라는 말이오?"

"그렇습니다. 내가 몇 번 확인한 사실입니다. 저 이균환이란 자가 스스로 전주 이씨 문하시중공파라고 떠들고 있지만 미처 돌아가지 못한 일본 놈의 아들입니다. 저 녀석의 일본 이름이 아마노 나까지마입니다. 확실히 하기 위해서 내가 직접 지금 이름을 빌리고 있는 전주 이씨 6촌 재종형제들과 저자의 일본 쪽 친사촌이 되는 자들의 유전자를 각각 비교해 보았습니다. 결과는 일본 놈들인 친사촌이 되는 자들과 더 많은 부분이 일치했습니다. 그러니 확실할 것입니다."

7명의 헌재 재판관들은 놀라서 입을 다물지 못했다.

일본 놈이 수십 년 동안 우리나라 사람 행세를 하며 살았던 것도 놀라운데 어떻게 감쪽같이 속이고 4선 의원까지 될 수 있단 말인가?

저들이 자기들을 협박하려고 찍어 놓은 몰카 테이프를 자기네들 눈으로 직접 보지 못했더라면 어떤 증거를 들이대도 믿지 않았을 것이다.

강권은 너무 기가 막혀 아무 말도 못하고 입만 쩍 벌리고 있는 헌재 재판관들에게 더 기가 막힌 것을 물었다.

"항간에 독립 운동가들의 후손은 못사는데 친일파의 후손들이 잘 먹고 잘산다는 말이 있는데 그 이유를 알고 계십니까?"

"그 이유가 무엇입니까?"

"광복 후에 우리나라는 자본과 기술이 없었습니다. 반면에 일본은 전쟁에서 졌다고는 하지만 자본과 기술이 있었습니다."

"그럼 해방 후에 일본의 자본과 기술로 기업을 만들었단 말입니까?"

"전부는 아니지만 그런 자들이 상당수에 달합니다. 내가 아까 말했던 이른바 가혈(假血)에 해당하는 자들입니다. 일제강점기 때 일제에 부용(扶庸)했던 자들과 그 후손들, 그들로부터 가르침을 받은 자들이 그들입니다. 이들은 대부분 경제계와 교육계에 뿌리를 박고 경제적 도움을 대가로 극우파와 야합을 하는 자들입니다. 이들이 활개를 칠 수 있도록 멍석을 깔아둔 자들이 얼마 전까지 우리나라를 다스리던 자들이었습니다. 부리기 쉽다고 일제에 부용했던 자들을 대거 등용시킨 멍청한 대통령도 있었고, 자신이 일제에 부용했었기에 그런 자들을 포용한 대통령도 있었습니다. 문제는 부용했던 자들은 바퀴벌레처럼 시세에 적응을 잘해서 수많은 새끼들을 까고 그들이 경제계와 학계를 주름잡아 왔다는 데 있습니다."

헌재 재판관들도 나름 들었던 이야기들이 있는지 수긍하는 기색이 역력했지만 대꾸는 하지 않았다.

"해마다 수조 원의 정부 보조금 가운데 50~60%가 이들의 주머니로 들어가고 있는 것을 알고 계십니까? 언론계, 학계, 각종 사회단체에 지급되는 정부 보조금의 태반은 그 바퀴벌레 새끼들의 먹이로 제공되고 있는 것이 현실입니다. 이런 기막힌 현실을 개선하는데 여러분의 도움이 필요합니다. 어떻게 하시겠습니까?"

"알겠습니다. 어떻게 하면 되겠습니까?"

"여러분들은 그저 저들에게 협조를 하지 않으면 됩니다. 혹여 여러분이 저들에게 잡힌 약점 때문에 염려하신다면 그건 안심해도 된다고 말씀드리고 싶군요."

이 말을 뒤집으면 '저들에게 약점을 잡힌 증거들은 다

나에게 있으니 알아서 하십시오.' 하는 의미를 갖고 있었
다.

헌재 재판관들도 수많은 재판을 통해서 나름 산전수전
을 다 겪은 백전노장들이니만큼 강권이 말하는 의미를 모
르지는 않았다.

이렇게 강권이 헌법 재판소를 장악하게 되자 헌법 재
판소를 통해서 서원명 대통령을 방해하려는 움직임은 봉
쇄되었다.

이제 강권과 서원명이 생각하고 있는 개혁을 위해 제
도권에서 남은 일은 국회의원들 하나하나를 어르고 협박
해서 대통령의 거수기로 만드는 일이었다.

서원명 대통령이 업무를 개시한 지 딱 두 달 뒤에 '공
직자 부패방지를 위한 특별법' 이 국민투표에 부쳐졌다.

투표 결과는 유권자 70% 투표에 찬성 82%라는 압도
적인 찬성이었다. 드디어 '공부법' 이 정식으로 법률이
된 것이다.

일부 국회의원들이 헌법 재판소에 청구한 권한쟁의심
판이 9명의 헌재 재판관들이 전원 참석한 가운데 1:8
이란 압도적인 표차로 기각된 것이 결정적인 역할을 했
다.

그것은 우리나라 국민들이 헌법 재판소를 그만큼 신뢰하고 있다는 의미도 가지고 있었다.

국민들은 이 '공부법'에 거는 기대가 엄청 컸다. 반면에 공직자들은 불안하게 생각했다. 비리에 관련되면 '공부법'은 그 비리로 얻은 이익의 최고 1,000배까지 토해 낼 수 있게 하고 있었다.

차명으로 재산을 빼돌리는 것도 여의치 않았다. 비리 공직자의 사돈네 팔촌까지 세무 조사를 벌여 정당하지 못한 방법으로 얻은 재산은 무조건 세금 폭탄을 얻어맞게 되어 있었다.

한마디로 '공부법'은 공직자의 부정과 비리를 원천적으로 봉쇄하고, 그래도 행해진 부정과 비리는 재산을 말려 버리는 방법으로 발본색원을 할 수 있게 만든 법이었다.

공직자들이 너무 불안해하는 것이 염려되어 서원명 대통령은 특별담화를 발표했다.

친애하는 국민 여러분, 그리고 국가와 민족을 위해서 불철주야 노력하시는 공직자 여러분.

우리는 지금 세계 최강대국으로 우뚝 서느냐 아니면 그저 그런 나라로 남느냐의 갈림길에 서 있습니다. 그래서 저는 '공직자 부패방지를 위한 특별법'이란 초강수를 두게 된 것입니다.

제가 여러분에게 약속드릴 수 있는 것은 보통 사람들이 이성적으로 납득할 수 있는 사회를 기필코 만들겠다는 것입니다. 여러분도 아시다시피 저는 대를 이을 자식도 없습니다. 남은 삶을 저는 국가와 민족을 위해 바치겠다고 맹세하겠습니다.

제가 만들어서 여러분의 손으로 확정이 된 '공직자 부패방지를 위한 특별법'은 확실히 기존의 법 체계와는 사뭇 다른 바탕 위에서 설계된 법입니다. 저 하나 잘되자고 남을 해코지하려는 자들을 우리 사회에 발붙이지 못하게 만들려는 법입니다.

공직자 여러분, 그렇다고 불안해하시지는 마십시오. 자신의 고의가 아니고 과실로 부정과 비리에 연루되는 사람들까지 이 법이 처벌하는 것은 아닙니다.

공직자 여러분께 확실하게 약속을 드릴 수 있는 것은 내 임기 내에 공직자 여러분께 최고의 대우를 해드리겠다는 것입니다. 제가 여러분께 바라는 것은 최고의 대우를 해드리는 만큼 그만큼 국가와 사회를 위해 최선을 다해 봉사하라는 것입니다.

······중략······.

서원명 대통령은 담화문을 발표하고 난 다음에 단체행동권을 제외한 단결권과 단체교섭권을 전면적으로 보장하겠다고 약속했다.

공무원의 노동기본권 보장에 대한 법률적 보장을 유보하여 사실상 공무원 노조를 금지하고 있는 제한을 없애겠다는 의지의 표현이었다.

* 전단12칼럼 사이즈
신문 전면광고(37Cm X 51Cm)를 의미한다.
일반적으로 신문의 광고 사이즈에는 전면광고, 9단 21광고, 5단 37광고 등이 있다. 예를 들어 9단 21광고의 크기는 21Cm X 30.6Cm 크기의 광고를 의미한다.
참고적으로 1단은 3.4Cm이고, 1칼럼은 3Cm이다.

** 권한쟁의심판
국가기관 상호 간, 국가기관과 지방 자치 단체 상호 간, 지방 자치 단체 상호 간에 권한의 존부나 범위에 관한 다툼이 생긴 경우, 이를 헌법 재판소에 청구한 때 헌법 재판소가 헌법 해석을 통하여 이를 가리는 절차이다.

이런 다툼을 그대로 방치하면 서로 권한을 행사하려 하거나 반대로 아무도 권한을 행사하려 하지 않아 국가 기능이 마비될 수 있고 국가의 기본 질서가 흐트러져 국민의 기본권이 침해당할 우려가 높기 때문에 헌법 재판소가 관여를 하게 되는 것이다.

권한쟁의심판 청구는 그 사유가 있음을 안 날로부터 60일 이내에, 그 사유가 있는 날로부터 180일 이내에 해야 하며 이 기간을 지난 청구는 각하 결정을 받게 된다.

헌법 재판소는 전원재판부에서 피청구인에게 문제가 된 처분 또는 부작위를 할 권한이 있는지 여부를 판단하고 만약 피청구인이 권한 없이 또는 권한의 범위를 벗어나 처분 또는 부작위를 함으로써 청구인의 권한을 침해하였다고 인정하는 경우에는 이를 취소하거나 그 무효를 확인할 수 있다.

***우리 헌법 72조에는 "대통령은 필요하다고 인정할 때에는 외교, 국방, 통일 기타 국가 안위에 관한 중요 정책을 국민투표에 붙일 수 있다"고 되어 있다.

※이사도라 던컨과 조지 버나드 쇼 사이의 유명한 일화.

아일랜드 태생의 유명한 극작가인 조지 버나드 쇼를 런던의 어떤 사교 모임에서 만난 이사도라 던컨이 다음과 같이 제안을 했다.

[선생님, 저와 결혼하지 않으실래요? 저의 아름다운 외모와 선생님의 총명한 두뇌를 이어받는다면 얼마나 훌륭한 아이가 태어나겠어요?]

이에 조지 버나드 쇼 왈.

[하하하, 던컨 양, 그런데 말이요. 당신의 두뇌와 나의 보잘것없는 외모를 이어받는다면 그 아이는 좀 끔찍하지 않겠소?]

제6장
'보라매' 신위(神威)를 과시하다

―주인님, 해경 소속의 1013함정이 가거도 남서쪽 10해리 해상에서 중국 어선들이 쏜 바주카포에 맞아 불타고 있습니다.

매일 세계 각국의 위성을 활용해 한반도와 그 주변을 살피던 '해'가 뜻밖의 상황에 황급히 강권에게 보고를 했다. 이에 대경실색한 강권이 '해'에게 물었다.

"뭐! '해'야 자세하게 보고해 봐."

―31일 19시 15분 경에 배타적 경제수역(EEZ) 내에서 불법 외국 어선 단속 활동을 벌이던 경비함정 1013함이 불법 조업 중이던 중국 어선에서 쏜 바주카포에 맞았습니다. 1013함정의 옆구리에 지름이 1m 정도의 구멍

이 나서 30분 정도 지나면 가라앉을 것 같습니다.

"그만. 됐어. '보라매'로 즉시 사고 지점으로 이동할 테니까 좌표를 찍어 줘. 그리고 인공위성으로 잡은 화면을 '보라매'의 스크린에 투사시키도록."

─예. 알았습니다. 주인님. 즉각 시행하겠습니다.

강권은 '해'에게 지시를 내리고 곧장 서원명 대통령에게 전화를 걸어 상황을 전하고 사고 해역으로 날아갔다. 최고 속도가 마하 7이 넘는 '보라매'는 채 5분도 되지 않아 사고 해역에 도착했다.

십여 척이 넘는 중국의 불법 조업 어선들과 경비함정 1013함 간의 교전이 벌어지는 장면이 포착되었다. 1013함의 옆구리에 난 지름이 1m 정도의 구멍을 본 순간 강권은 눈이 뒤집혔다.

"이 새끼들이 어디서 지랄들이야."

강권은 분기탱천해서 더블 액트 미사일을 발사하기 시작했다.

더블 액트 미사일은 크기가 직경이 8인치에 길이가 40cm 정도로 아주 작았지만 목표물에 관통해서 목표물 내부에서 폭발을 하기 때문에 살상력과 파괴력은 엄청 컸다. 관통력도 50cm 두께의 강판도 뚫어 버릴 만큼 대단해서 더블 액트 미사일 한 방이면 어지간한 구축함 정도는 대번에 침몰시킬 수 있었다.

그러니 불법 어선들이야 원 샷, 원 킬이었다.

10척의 불법 어선들이 산산조각이 나서 바다에 수장이 되고 이제 남은 것은 두 척뿐이었다.

—주인님, 서쪽 30마일 해상에서 중국 함정 두 척이 이쪽으로 다가오고 있습니다. 어떻게 할까요?

"그래? 그 자식들도 우리 배타적 경제수역(EEZ)을 침범했구먼. 그럼 침몰시켜 버려야지."

강권은 나머지 두 척을 침몰시키지 않고 중국 함정이 오는 쪽으로 몰아가려고 했다. 그런데 전혀 그럴 필요가 없었다. 자기네들이 알아서 그쪽으로 도망가고 있었기 때문이다.

침몰하고 있는 1013함 쪽을 보니까 1013함에 있던 구명정이 내려지고 구명정으로 옮겨 타고 있었다.

"침몰하려면 아직 멀었으니 승선원들이 가거도로 갈 수 있겠군. 그럼 중국 놈들을 수장시키러 가야지."

강권은 부리나케 도망가고 있는 두 척의 불법 어선을 쫓아가면서 중국어로 연신 정선하라고 방송을 했다.

더 이상 사격도 하지 않고 서라는 방송만 하고 있자 불법 어선들은 '보라매'에 더 이상의 무기가 없다고 생각했는지 더욱 속력을 높여서 도망을 가고 있었다.

"얼마 정도 시간이 지나면 중국 함정들과 저놈들이 만
날 수 있지?"

―주인님, 25분 정도 후에 중국 함정들과 불법 어선들
이 조우하게 될 것입니다. 어떻게 할까요?

"어떻게 하기는? 슬슬 쫓아가자고. 나는 쉬고 있을 테
니까 '해' 니가 저놈들이 만나기 1분 전에 알려 줘. 알겠
지?"

―예. 주인님.

강권은 먼저 두 척의 중국 함정을 박살내 버리고 나서
서원명 대통령에게는 나중에 알려 주려고 했었다. 그런데
가만 생각해 보니까 먼저 알려 주는 것이 올바른 수순이
라는 생각이 들었다.

자칫 잘못하면 전쟁 상황이 발발하니까 국정의 책임자
인 대통령이 사실을 먼저 알 필요가 있다는 생각이 든 것
이다.

"정암이, 중국 애들이 대놓고 도발을 하려는 것 같은
데 자네는 어떻게 생각하는가?"

―어떻게 생각하기는 뭘 어떻게 생각한다는 것인가?

"아무래도 중국 놈들이 우리 그룹 '환' 에서 보도한 게
사실인지 확인해 보려는 것 같단 말일세. 그래서 힘을 보
여 줄 작정이네."

―힘을 보여 주다니? 그 말이 어떤 의미인가?

서원명 대통령이 강권이 말한 의도를 알고 있으면서도 묻는 것은 중국과 전쟁이 일어날지도 모를 상황에 봉착한다는 두려움 때문이었다.

강권을 믿지 못하는 게 아니라 전쟁, 그것도 세계 최강국 반열에 있는 중국과의 전쟁이어서 두렵지 않으면 그것은 정상이 아닐 것이다. 물론 강권도 서원명 대통령의 질문의도를 정확히 파악하고 있었다.

"정암이, 앞으로 20여 분 후에 중국 함정들을 박살낼 작정이네. 물론 저들이 먼저 도발을 하게 한 후에 반격을 하면서 말이네."

―휴우, 어렵구먼.

"정암이, 자네 심정을 잘 알고 있네. 중국과 전쟁을 할지도 모른다는 것이 그렇게 간단하게 생각할 일이 아니겠지. 자네 노트북으로 실시간 상황을 전달할 테니까 노트북을 켜 놓도록 하게."

―휴우, 알겠네.

강권이 대통령에게 송출시켜 줄 인공위성 화면을 잡다 문득 이어도 주변에서 얼쩡거리고 있는 일단의 중국 선단을 발견했다. 평소 같으면 지나칠 수 있을 상황이었지만 전쟁을 염두에 둔 상태라 달리 보였던 것이다.

'이 자식들이 정말 전쟁을 불사하겠다는 거야 뭐야?'

강권은 내심 이렇게 중얼거리면서 '해'에게 이어도 근방에 포커스를 맞춰 보라고 지시했다.

그러자 잡힌 화면에는 *중국 최초의 항공모함인 '스랑(施琅)'이 두 척의 순양함과 네 척의 구축함의 호위를 받으면서 우리나라 쪽으로 접근해 오고 있었다. 이제 이어도와는 불과 십수 마일 정도밖에 남지 않았는데도 멈추지 않고 계속 접근해 오고 있다는 것은 빤했다.

순간 강권의 뇌리에 19C 중엽 서양 제국들의 함포외교가 스쳐 가고 있었다. 아마도 우리나라가 굴복하면 중국의 위상이 한없이 올라갈 것이고, 그렇지 않으면 도마뱀이 꼬리를 자르고 사라지듯 빠져나갈 심산인 모양이었다.

이런 통박이 서자 강권은 항모전단을 박살내 버리겠다는 쪽으로 마음을 굳혔다.

물론 중국은 그 어느 쪽을 택하더라도 대한민국 따위가 감히 자국의 항모전단을 어쩌지는 못할 것이라는 계산이 서 있겠지만 그것은 강권을 몰라도 너무 모르는 순진한 생각이었다.

'이 자식들이 정말 우리나라를 핫바지로 알고 있구먼. 해 보자면 누가 무서워할 줄 알고 좋아. 어디 한번 해 보

자고.'

강권은 이렇게 중얼거리면서 '보라매' 2, 3, 4호기를 호출했다. '보라매' 2, 3, 4호기는 각각 강석천, 송시후, 천성호에게 있었다. 이들은 모두 강권의 수족이나 다름없는 천살문도들이었기 때문에 믿고 맡길 수 있는 사람들이었다.

"강 기장은 '보라매' 2호를 타고 즉시 내가 있는 곳으로 오도록 하게."

─알았습니다. 태상문주님.

"송 기장과 천 기장은 즉시 이어도로 가서 대기하도록 하게."

─예. 알았습니다. 태상문주님.

─예. 알았습니다. 태상문주님.

'에이, 이 사람들이 정말 끝까지 고집을 부리는구먼.'

강권은 열 대의 '보라매'를 만들어 천살문도들인 씨크릿 팀장들에게 지급했다. 이들은 모두 믿을 수 있는 사람들이었기 때문이다.

그런데 그걸 알았는지 이들은 강권을 태상문주님이라는 호칭으로 불렀다. 지금 천살문의 문주는 강석천이었기 때문이다.

강권은 강석천이 오는 동안 그동안 벌어졌던 상황을

모두 설명하고 중국 함정들을 격침시켜 버리라고 지시했
다.

이렇게 지시를 내린 강권 자신은 이어도 방향으로 날
아갔다.

이런 상황이 서원명 대통령에게 알려지자 서원명 대통
령은 지급으로 국가비상대책 위원회를 호출했다.

—이봐, 강권이. 정말로 중국 항공모함을 격침시켜 버
리려고 하는가?

"그렇다네. 자네는 이 상황을 어떻게 생각하고 있는지
모르지만 이건 명백한 도발일세. 그것도 아마 미국의 묵
인하에, 아니, 미국 놈들도 한통속이 되어서 저지르는 일
일 걸세."

—뭐시라? 미국도 이 사실을 알고 있단 말인가?

"자네는 정말 순진하구먼. 중국 항모전단에 24시간
눈을 떼지 않고 있을 미국에서 우리나라에 아무런 경고도
없다는 것을 보면 모르겠는가? 그런데도 이 자식들에게
뜨거운 맛을 보여 주지 않는다면 앞으로 계속 딴죽을 걸
려고 덤벼들 것이란 말이거든. 그러고도 지랄을 떨면 이
번 기회에 아예 중국 본토까지 박살을 내 버리겠네. 우리
가 충분히 그럴 만한 힘이 있다는 것을 보여 준다면 앞으
로 딴죽을 거는 무리들이 없을 것이네."

─휴우, 알겠네. 자네를 믿기는 하지만 자못 걱정이
되네.

"걱정하지 말게. 내가 중국 항모전단을 모조리 박살내
면 자네에게 알려 줄 테니 자네는 즉시 중국에 핫라인을
연결해서 다시는 우리 영해에 침범하지 말도록 경고를 하
도록 하게. 그리고 기왕 내친김에 손해 배상까지 청구하
게."

서원명 대통령은 강권의 말에 기가 막혔다. 항모전단
하나를 만들려면 최소로 잡아도 십조 원 정도가 든다. 그
런데 그 십조 원짜리를 박살내고도 도리어 손해배상까지
청구하겠다니. 정말이지 상대를 완전 두 번 죽이는 게 아
니면 뭐겠는가?

서원명 대통령은 이런 사람이 대한민국 사람이라는 것,
그것도 자기 친구라는 게 다행을 넘어 고맙게 느껴지기까
지 했다. 서원명 대통령이 지금 이 순간 강권에게 할 수
있는 말은 딱 한마디였다.

─휴우, 알겠네.

"고맙기는? 중국 놈들의 항모전단을 박살내는 실황을
상황실 화면으로 송출시켜 줄 테니 그쪽으로 자리를 옮기
도록 하게."

대통령과 통화를 하는 동안 이미 강권은 이어도 상공

에 도착해 있었다. 항공모함 '스랑(施琅)'을 앞세운 중국 항모전단은 이미 이어도에서 10마일 떨어져 있는 곳까지 접근해 있었다.

강권은 중국의 항모전단에 접근해서 중국어와 영어로 경고 방송을 했다.

[이곳은 대한민국의 영해니 당장 되돌아가기 바란다. 그렇지 않으면 당장에 침몰시켜 버리겠다.]

세 차례의 거듭된 경고 방송에도 불구하고 중국의 항모전단은 돌리려는 기미가 없었다. 심지어 아무런 대꾸조차 없었다.

그 사이에 송시후와 천성호가 조종하고 있는 '보라매 3, 4호기가 도착해서 강권의 옆에서 정지 비행을 하고 있었다.

강권은 송시후와 천성호에게 중국 구축함들을 침몰시키라고 명령했다.

—예. 알겠습니다. 태상문주님.

—예. 알겠습니다. 태상문주님.

강권은 송시후와 천성호의 대답을 듣는 즉시 파동포를 중국의 항공모함 '스랑(施琅)'호에 발사했다.

번쩍하고 뭐가 반짝이는 것 같더니 6만 7,500t의 쿠즈네초프급 항모가 스르르 사라졌다. 그 뒤를 이어서 두 척의 순양함과 네 척의 구축함도 스르르 무너져 내려 버렸다.

"앗! 이게 어떻게 된 거야?"

청와대 지하에 있는 비상대책 상황실에서 대형 스크린으로 상황을 지켜보던 서원명 대통령의 입에서 비명 같은 외마디 소리가 튀어나왔다.

"앗! 정말, 저것이 어떻게 된 것입니까?"

"엇!"

호출을 받고 상황실로 들어오던 조호명 대장과 이경복 국무총리의 입에서도 비슷한 소리가 튀어나왔다.

중국의 항모전단이 감쪽같이 사라져 버렸지만 스크린 화면에는 이어도 남서쪽의 바다가 그대로 보이고 있으니 분명 화면이 잘못된 것은 아니었다.

항공모함이란 게 어떤 존재인가? 게다가 항공모함만 있는 게 아니고 두 척의 순양함과 네 척의 구축함까지 있는 항모전단이었다. 그런데 어떻게 불과 1~2초 사이에 모든 상황이 종결될 수 있단 말인가.

—정암이, 화면으로 보았겠지? 지금 당장 중국에 연락해. 엄중 경고와 함께 손해 배상을 청구하도록 하게.

"자네 정말로 항공모함과 두 척의 순양함, 네 척의 구축함으로 만들어진 중국의 항모전단을 모조리 박살냈다는 말인가?"

—하하, 내가 헛소리를 좋아하지 않는다는 것을 자네가 잘 알 것이 아닌가? 그리고 정정할 것이 있네. 항공모함과 두 척의 순양함, 네 척의 구축함 외에도 세 척의 잠수함이 포함이 되어 있네.

"허어, 중국에서 난리를 치겠구먼. 그런 와중에 엄중한 경고와 함께 손해 배상을 청구하란 말인가?"

서원명 대통령은 중국의 군사력뿐만 아니라 경제력에서도 무시를 할 수 없다는 생각에서 엄청 염려가 되어서 하는 말이었다.

그런데 강권은 외눈 하나 깜빡하지 않고 한술을 더 떴다.

—하하하, 엄밀히 말해서 우리 잘못은 하나도 없네. 저들이 우리나라의 영해를 침범했고, 세 차례의 엄중한 경고에도 아무런 대꾸가 없어 우리는 부득이하게 자위권을 발동했을 따름인 거네. 그런데 그렇게 못할 게 무언가? 나는 중국에서 반발을 해서 중국 본토를 우리 것으로 만들었으면 하는 게 희망사항일세.

강권의 말에 서원명 대통령을 비롯해서 이경복 국무총리, 조호명 대장까지도 안색이 달라졌다. 자칫 잘못하면 우리나라 국운이 달린 전쟁을 해야 할 절체절명의 상황에 봉착할지도 모르기 때문이었다. 하지만 이미 기호지세였다.

그렇지만 여기서 머뭇거리다가는 정말 세계 강대국들의 연합 공격을 당할지도 모른다는 생각에 강권의 말대로 하기로 했다.

이럴 때일수록 강공으로 나가야지 그렇지 않고 역공을 받으면 상황은 점점 더 어려워진다는 생각이 들었던 까닭이었다.

"알겠네. 그렇게 하도록 하겠네."

서원명 대통령은 즉시 중국과 핫라인을 연결해서 지금 벌어졌던 상황에 대해서 상세하게 말하고 앞으로 그런 일이 재발할 때는 이것으로 끝나지 않겠다는 의지를 피력했다.

─가만, 그러니까 우리 항모전단이 귀국의 영해에 침범을 해서 영해 밖으로 나가라는 경고를 무시해서 항모전단을 전멸시켰단 말씀이시오?

"그렇습니다. 주석. 또한 귀국의 불법 조업 어선들이 우리나라 가거도 앞바다 해상에서 불법 조업을 단속하던 우리 해경 함정을 바주카포로 침몰시켰습니다. 그러니 이에 대한 손해 배상도 해 주시기 바랍니다."

중국 국가 주석인 첸치후이는 막 잠자리에 들려다 아
닌 밤중에 홍두깨 같은 소리를 듣고 황당해했다.

'정말로 지금 저자가 하고 있는 말이 사실이란 말인
가? 그렇다면…….'

첸치후이는 아무런 보고도 받지 못한 상황이기 때문에
일단은 상황 파악이 우선이라고 판단하고 잠시 후에 다시
전화를 하겠다는 말을 하고는 전화를 끊었다.

그 시각 중국 뻬이징 모처에 자리한 국가전략 연구소
상황실에서도 난리가 나 있었다.

항모전단이 갑자기 화면에서 사라져 버렸기 때문이다.

[스랑 항공모함이 어떻게 된 거야?]

[스랑뿐만이 아니라 순양함, 구축함, 잠수함도 전혀 연
락이 불통이야. 어떻게 된 거지?]

[어떻게 되긴? 얼른 스윈성 각하에게 연락을 해야지.]

첸치후이 주석은 우극리 중국 인민군 총참모장을 불러
들여 어떻게 된 영문인지 물었다.

우극리 중국 인민군 총참모장은 이 사건이 스윈성 해
군총사령관과 류화칭 **제2포병사령관이 주도해서 저지
른 사건이라고 고변했다.

우극리의 말을 들은 첸치후이는 하늘이 노래지는 것을

느끼고 휘청거렸다. 그리고 잠시 정신을 가다듬은 다음에 노발대발하기 시작했다.

[결국 대한민국 대통령의 말이 사실이었단 말이오? 어떻게 그런 중차대한 일을 군부에서 속닥거려서 시행했단 말이오?]

[허, 그것이…… 대한민국이 너무 설치는 것 같아 우리도 무시할 수 없다는 것을 보여 주려다가 그만 그렇게 돼 버린 것 같군요.]

[지금 그게 말이라고 하는 게요? 항모전단을 전멸시킨 것도 모자라서 자국 영해를 침범해서 함정을 침몰시킨 것에 대해서 손해 배상을 해달라는데 어쩔 거요?]

[예에? 어찌 그렇게 심하게까지 할 수 있단 말입니까? 당장 대한민국과 일전을 하도록 하겠습니다.]

우극리 중국 인민군 총참모장이 반발을 하자 첸치후이 중국 국가 주석이 한소리했다.

[대한민국은 항모전단 하나를 순식간에 가루로 만들어 버린 전력을 갖고 있소. 우극리, 그런 대한민국과 싸워서 이길 수 있을 것 같소? 그렇다면 한 번 붙어 봅시다.]

우극리도 첸치후이의 말에 아무런 반박도 할 수 없었다.

미상의 무기가 미국의 중순양함 '볼티모어' 호를 가루

로 만들어 버린 후에 그 미상의 무기를 상대할 방법을 찾았지만 아무런 방법도 찾을 수 없었다.

1초 사이에 7,000~8,000km 떨어져 있는 목표물을 가루로 만들어 버릴 정도의 정교함이라면 미사일이고 뭐고 접근할 방법이 없었던 것이다.

그런데 이번에는 '보라매'라는 초가공할 무기까지 더해졌으니 어떻게 해 볼 수 있단 말인가?

전쟁에 돌입한다면 10분도 되지 않아서 중국 인민군은 무장해제가 되어 버릴 것인데 어떻게 싸운단 말인가?

[휴우, 죄송합니다. 주석 각하, 우리로서는 저들의 요구 조건을 들어줄 수밖에 없겠군요.]

중국의 항모전단이 감쪽같이 사라진 사실은 다음과 같이 축소 보도되었다.

가거도 앞바다에서 해경 경비 함정이 중국 불법 조업 어선에 격침되었다.

31일 이어도 종합해양과학기지 인근 해역 배타적 경제수역(EEZ) 내에서 불법 외국 어선 단속 활동을 벌이던 경비 함정 1013함이 불법 조업 중이던 중국 어선에서 쏜 바주카포에 맞았다.

1013함의 함장인 심재기 경정은 격침되는 와중에도 즉각 대응 사격을 해서 불법 어선 12척을 침몰시켰다고 한다.

1013함에 타고 있던 경찰 50여 명은 모두 가거도로 긴급 대피할 수 있었지만 함장 심재기 경정은 1013함과 운명을 같이 하겠다고 피하기를 거절했다고 한다.

중국의 불법 조업 어선들이 대형화되고 흉포화 되기는 했지만 1,000t급의 대형 경비 함정이 불법 조업 어선에 침몰된 것은 이번이 처음이다. 정부는 이에 즉각 성명을 발표해서 중국 측에 앞으로 1차 경고 방송에도 불응하면 곧바로 실력을 행사해서 불법 조업 어선들을 격침시키겠다고 엄중 경고했다.

M일보 주세혁 기자.

M일보의 보도가 전해지자 내외신 기자들이 벌 떼처럼 우리나라로 몰려들었다.

하지만 그 누구도 그 이상의 취재는 할 수 없었다. 청와대나 중국 측에서나 하나같이 유감스런 일이 발생했고 앞으로 그런 일이 발생하지 않을 것이라고만 짤막하게 논평하고 그것으로 끝이었다.

그렇게 하면 아무렇지도 않게 넘어갈 것이라고 생각했던 사건이 의외로 서원명 대통령과 강권의 비난하는 분위기로 흐르는 골치 아픈 일이 벌어지고 있었다.

서원명 대통령이나 강권으로서는 전혀 예상치 못했던 일이었다.

"그런데 중국 불법 조업 어선들이 어떻게 바주카포까지 동원해서 우리 해경 함정을 격침시켰지? 설마 중국 군부가 개입한 것은 아니겠지?"

"그건 그렇고, 세계가 다 덤벼도 문제없이 물리칠 것처럼 말하던 서원명 대통령은 뭐하는 것이야? 중국에 엄중하게 항의를 해서 그런 일이 다시는 발생되지 않게 해야 하는 것 아니야?"

"그러니까 말이지. '보라매'는 뭐하고 있었기에 그런 사태가 발생되는 걸 보고만 있었지?"

"설마 '보라매'라는 것이 뻥은 아니겠지?"

이런 동향에 서원명 대통령은 민감해졌지만 강권은 천하태평이었다.

"하하, 정암이, 뭘 그리 예민하게 생각하나? 그럴 생각하느니 나 같으면 주한 미국 대사를 불러 엄중하게 경고할 것이네. 말로만 한미동맹, 한미동맹 하지 말고 진짜 필요할 때 힘을 보태 주어야 하지 않겠느냐고 말이야."

"강권이 저들이 몰랐다고 하면 어쩌겠나? 또 저들이 꼭 우리에게 통지할 의무는 없지 않는가?"

"하하, 몰랐다는 건 말이 안 되지. 내가 자네에게 보낸 화면의 출처가 어디인지 아는가? 바로 미국의 첩보 위성을 통해 입수한 자료이네. 그리고 저들이 우리에게 통지할 의무가 없다면 유명무실한 한미상호방위조약은 이 시점에서 재검토할 필요가 있네. 가능하다면 이번 기회에 우리나라에 아무런 이득도 없는 한미상호방위조약을 폐기시키는 것도 좋을 것일세."

"군이 그렇게까지 할 필요가 있겠나?"

"군이 그럴 필요까지는 없겠지. 하지만 우리가 그렇게 강하게 나가야 ***SOFA(Status of Forces Agreement) 협정의 독소적인 조항들을 고칠 수 있지 않겠는가?"

서원명 대통령은 그제야 강권의 의도를 알아차릴 수 있었다.

'흐음, SOFA의 독소적인 조항들을 고친다라.'

서원명 대통령은 강권의 말에 따라 주한 미국 대사를 청와대로 즉시 불러들였다.

휘트니 주한 미국 대사는 서원명 대통령이 자기를 부른 이유가 무엇인지 즉각 감을 잡았다.

어젯밤에 한국이 중국의 항모전단을 전멸시킨 사실을

본국에서 전해 왔기 때문이다.

"안녕하십니까? 대통령님, 무슨 일로 저를 부르셨습니까?"

뒤가 구린 휘트니 주한 미국대사는 평소처럼 영어로 하지 않고 한국말로 서원명 대통령에게 인사를 했다.

"미안하지만 안녕치 못하오."

이렇게 비꼬인 말투로 서두를 꺼낸 서원명 대통령은 중국의 항모전단이 우리나라 영해에 올 때까지 미국이 몰랐느냐고 따졌다.

[대통령님, 우리 미국은 중국의 항모전단이 한국의 영해로 들어올 때 알고는 있었지만 대한민국에 통지를 할 시기를 놓쳤습니다. 설마 했는데 그렇게 빠르게 전멸할지 전혀 예상하지 못했기 때문입니다.]

"그래요? 남지나해에 있던 항공모함 '스랑'이 수천 km를 북상해서 우리나라로 올 때까지 시간이 얼마 걸리지 않았나 봅니다. 천하의 미국이 우리나라에 통지를 할 시기를 놓쳤으니 말입니다. 그렇지 않습니까?"

휘트니 대사는 서원명 대통령의 비꼬는 말에 뭐라고 답은 할 수 없고 등줄기에 식은땀만 스르르 맺혔다. 이어진 서원명 대통령의 일격.

"우리나라가 유일하게 외국과 상호방위조약을 체결한

나라는 미국뿐입니다. 그런데 미국이 우리의 위기를 알면서도 통지를 하지 않는 것에 심히 유감스럽습니다. 아울러 그런 상호방위조약이라면 존재할 필요가 없다는 게 우리나라의 입장입니다. 내가 대사를 청와대로 부른 것은 그 얘기를 전하고 싶었기 때문입니다. 가셔서 귀국 대통령에게 전해 주시기 바랍니다."

이렇게 자기가 할 말만 하고 축객령을 내리니 휘트니 대사는 죽을 맛이었다. 결국 휘트니 대사는 미국으로 가서 우리나라의 입장을 전할 수밖에 없었다.

뒤가 구린 미국으로서는 하는 수 없이 사과하는 방편으로 특사를 파견해서 서원명 대통령의 심기를 달래야 했다.

이렇게 시작된 SOFA의 개정은 우리나라가 주도권을 갖고 우리 입맛에 맞게 고칠 수 있었다.

*중국 최초의 항공모함 '스랑(施琅)'
중국 최초의 항공모함인 '스랑(施琅)' 호는 옛 소련이 건조하다가 중단한 쿠즈네초프급(6만 7,500t) 항모를 2,000만 달러에 사들여서 10여 년 동안 개조한 것이다. 갑판 길이 302m, 최대 속력

29노트에 항공기 52대를 탑재할 수 있다. 중국은 이 스랑호를 보유함으로써 세계에서 열 번째의 항공모함 보유국이 되었으며 비로소 원양(遠洋) 작전이 가능해졌다.

**제2포병부대

중국의 제2포병은 옛 소련의 전략 로케트부대를 본떠서 만든 전략핵미사일부대인데 중국 인민해방군에서 중요한 위치를 차지하고 있다.

***SOFA(Status of Forces Agreement)협정

일반적으로 외국 군대는 주둔하는 나라의 법 질서에 따라야만 한다. 그것이 국제법상의 관례다.

다만 외국 군대는 주둔하는 나라에서 수행하는 특수한 임무의 효율적 수행을 위해 쌍방 법률의 범위 내에서 일정한 편의와 배려를 제공할 수 있다. 이 경우 해당 국가와 외국 군대 간에 행정 협정의 체결로 보장되는데 이에 따라 맺어진 주한미군의 지위에 관한 협정이 바로 SOFA다.

SOFA는 한국뿐만 아니라 미군이 주둔하는 세계 80여 개 국과 미국 간에 체결돼 있으며, 주둔군의 성격이나 당사국 간의 관계 등에 따라 그 내용이 약간씩 다르다.

그런데 한국과 미군 간의 SOFA는 1966년 7월 9일 서울에서 한국 외무부장관과 미국 국무장관 간에 조인, 67년 2월 9일에 발효되었다. 문제는 SOFA를 체결할 당시 우리나라는 약자의 입장이었고, 당시 미국은 가장 강한 나라여서 불평등한 부분이 많다는데 있다. 1, 2차 개정을 통해 불평등한 부분을 많이 교정했다고는 하지만 불평등한 부분은 여전히 남아 있다.

현재 남아 있는 SOFA의 문제점.

1) 본래 외국인은 주둔지법에 따라야 하므로 주한미군 등에게 주어

지는 형사적 특혜는 엄격하게 제한되어야 한다. 그런데 한미 SOFA
에서는 국내법의 적용을 받지 않고 SOFA상 특혜를 받을 수 있는 대
상을 주한미군뿐만이 아니라 군속과 그들의 가족, 그리고 기타 친척
까지를 포함하고 있다.(이에 비해 일본에 주둔한 미군과 체결된 '미
일협정'의 적용 대상자는 군법에 따르는 자에 한한다. 즉, 미국 군대
의 구성원만이 대상이 되고 군속 및 가족은 해당 사항이 없다.)

2) 공무수행 중 발생한 미군 범죄에 대해서는 미군이 재판권을
관할토록 규정하고 있다. 문제는 공무인가 아닌가 하는 판단이 전적
으로 미군 당국의 판단에 좌우되게 되어 있다는 데 있다.

즉, 미군 측에서 공무라고 판단하여 공무증명서를 발급하면 '수정
되지 않는 한' 우리로서는 더 이상 따질 방법이 없다.

3) 한국이 1차적 재판권을 갖고 있는 범죄라 하더라도 미군측이
재판권 포기를 요청할 경우 이를 호의적으로 고려토록 규정하고 있
고 합의의사록을 통해 미군 측이 요청할 경우 특별한 사정이 없는 한
재판권을 포기토록 규정하고 있다. 이는 반강제적 성격을 가진 조항
으로, 미군 범죄에 대해서 미국 측의 요청만 있으면 재판권을 행사할
수 없도록 되어 있다. '

4) 미군과 군속이 낸 대물 교통 사고 가운데 공무수행 중이거나
2만5천 달러 이상의 보험에 가입한 경우 입건하지 못하도록 바꾼 것
은 개정 SOFA의 대표적 개악 사례로 꼽힌다. 전체 미군 범죄의
70% 이상을 차지하는 교통 사범에 대한 처벌이 약화된 것이 아닐
수 없다.

제7장
'회춘일기' 프로젝트와
'얼짱일기' 프로젝트

가리왕산은 옛날 맥국(貊國)의 갈왕(葛王)이 이곳에 피난하여 성을 쌓고 머물렀다고 하여 갈왕산이라고 부르다가 이후 가리왕산으로 이름이 바뀌었다고 한다.

태백산맥의 중앙부를 이루는 높이가 1,561m 가리왕산 주위에는 높은 산들이 많다. 그래서인지 맑은 날 동해가 보인다는 망운대를 비롯해서 백발암, 장자탄, 용굴계곡, 비룡종유굴 등 경치가 아름다운 곳이 많다.

어디 그것뿐인가. 한강의 지류 동강(東江)으로 흘러드는 오대천(五臺川)과 조양강(朝陽江)의 발원지이기도 해서 한마디로 산 좋고 물 맑은 곳이었다.

이 가리왕산에 또 하나의 볼거리가 늘어났다. 누리 종

합리조트라는 별천지가 바로 그것이었다.

대한일보 김수민 기자가 쓴 '1조원의 잔혹사' 의 주 무대로 유명세를 치르기도 한 장소이기도 했다.

하지만 김수민 기자는 누리 종합리조트에 쏟아부은 1조 원만 염두에 두었지 정선군과 평창군에 각각 1조원을 투자할 것까지 염두에 두지 못했다. 그것까지 합하면 '3조원의 잔혹사' 로 바꿔 써야 하지 않을까 싶다.

가로 300m, 세로 600m란 좁은 공간에 무려 1조원을 쏟아부은 누리 종합리조트에서도 가장 눈에 띄는 것은 단연 두 개의 반구형 쌍둥이 돔구장이었다.

이 돔구장의 경이로운 점은 강철보다 수백 배나 강도가 세다는 단백질 섬유로 무려 1,616개의 기둥을 세우고 그 위에 지었다는 것이다. 60m 간격으로 지름이 2m인 기둥이 54개를 세우고 그 사이에 지름이 1m인 기둥을 1,560개 세워서 이 기둥들을 연결해서 300m X 600m의 공간을 만들었다.

두 개의 쌍둥이 돔구장은 이 공간을 이용해서 지은 것이다.

이 돔구장의 또 하나 놀라운 점은 자연을 거의 훼손하지 않고 지었다는 거다. 기둥이 세워질 자리만 나무를 베었을 뿐이고 그 외에는 거의 환경적인 영향을 주지 않았다.

^{the}리더

1,616개의 기둥들마저 빛을 투과시킬 수 있게 투명하게 만들었을 정도로 환경에 엄청 신경을 써서 만들었기 때문이다.

더욱 기가 막히는 것은 태양력과 풍력을 이용한 발전 시설로 돔 구장에서 필요로 하는 에너지를 자체 조달하고 있다는 점이었다.

이 돔구장에 가려면 '환' 항공에서 운영하는 풍선비행기나 케이블카를 타면 된다. 풍선비행기와 케이블카는 정선과 평창 일대에 흩어져 있는 누리 종합리조트 지점들에서 10분 간격으로 출발하고 있었다.

따라서 풍선비행기와 케이블카가 5분 간격이니 최장 5분만 기다리면 풍선비행기나 또는 케이블카를 타고 누리 돔으로 갈 수 있었다.

돔 구장 자체도 명물일 뿐더러 평창 동계올림픽, 정선 카지노, 디즈니랜드를 능가하는 정선 놀이공원 등과 연계되자 당장에 새로운 관광의 메카로 부상해 버렸다. 그러니 돔구장은 화제가 될 수밖에 없었다.

그렇지만 하드웨어만 사람들의 이목을 끄는 것도 아니었다. 누리 종합리조트란 하드웨어를 이용한 소프트웨어 또한 세간에 화제가 되고 있었다.

"진우야, 이참에 휴가를 내서 돔에 놀러 가지 않을 래?"

"야, 다 늙어서 무슨 돔에 놀러 갈라고 그래? 우리 나이가 되면 그냥 방에서 콕 처박혀 있는 게 최고 보약인 게야."

"이 녀석 하고는. 겨우 나이 50에 벌써 그러면 어떻게 하냐?"

"너야, 부모 잘 만나 탱자탱자 놀러 다니고 그래도 되지만 나는 처자식 먹여 살리려면 뼈골 빠지게 일해야 한단 말이다. 그리고 너도 알다시피 요번에 이사를 못 달면 명퇴당할 가능성이 큰데 한가하게 놀러 다닐 정신이 있겠냐?"

"하하, 너 못 들었나 보구나. '환' 종합매니지먼트사에서 이번에 '회춘일기'라는 프로그램을 만들었잖아. 최소 10년을 젊게 만들어 준다던데? 그것뿐인 줄 알아? 어지간한 병이면 '회춘일기'에 갔다 오면 싹 낫는다는데."

김진우는 눈이 번쩍 뜨였다. 형편이 무인지경이라 내색은 하지 않았지만 작년부터 이곳저곳 아프지 않는 곳이 없었다.

그런데 회춘에다 병까지 낫게 해 준다니 구미가 당기

지 않을 수 없는 것이다.

"성수야, 그 '회춘일기'라는 프로그램 비싸냐?"

"하하하, 구미가 당기냐? 당연히 좀 비싸지. 한 달 코스는 대략 1억 원이나 들거든."

"이런 개자식. 염장을 질러도 유분수지 내가 1억 원이란 거금이 어디 있냐?"

"하하, 농담이야. 1주일 코스는 천만 원 정도면 된다고 하더라."

"뭐어? 그렇게 비싸면 우리 같은 서민들이 어떻게 이용할 수 있냐? 그림의 떡이지."

김진우는 친구란 녀석이 염장을 지르는 것에 기분이 엄청 나빠졌다.

'개자식! 저는 돈 많은 부모를 만나서 1,000만 원이 우스울지 몰라도 나는 1,000만 원이면 엄청 큰돈이란 말이다.'

그도 그럴 것이 두 녀석이 대학을 다니고 있고 내년에 막내까지 대학에 가게 된다면 연봉 6,000만원 가지고는 어떻게 헤쳐 나가야 될지 아득하기만 했기 때문이다.

"하하, 누가 당장 1,000만 원이 든데? 36개월 할부도 있고, 60개월 할부도 있어. 이자율도 의외로 저렴한 편이어서 어지간한 사람들이면 다 이용할 수 있다고. '회

춘일기'라는 프로그램이 효과가 없으면 내가 돈을 내는
것으로 할게. 그러면 됐지?"

"그래? 그러면 한 번 생각해 볼게."

그렇게 해서 김진우는 60개월 할부로 '회춘일기'라는
프로그램에 등록을 하게 되었다.

"헉, 헉, 헉!"

'이런 젠장, 무려 1,000만 원이나 받아 처먹고는 어
떻게 계속해서 뜀박질만 시키려고 하냐?'

김진우는 혼자라면 도저히 뛰지 못했겠지만 옆에서 함
께 뛰는 사람들이 있어 겨우 참을 수 있었다. 운동을 하
지 않은 세월이 워낙 오래되다 보니 김진우는 거의 탈진
상태에 빠졌다.

김진우뿐만 아니라 다른 참가자들도 거의 완전 퍼졌을
때가 되어서야 비로소 진행 요원이 나타났다.

"여러분 힘드시죠? 프로그램의 특성상 완전 탈진 상태
를 유도하기 위해서 어쩔 수 없는 과정이니 이해 바랍니
다. 이제 여러분들은 무협지에나 나오는 환골탈태의 짜릿
한 경험을 하시게 될 것입니다. 저를 따라오십시오."

"젠장, 환골탈태는 개뿔이나……."

참가자들이 이렇게 구시렁거리며 진행 요원들을 따라

서 간 곳은 약탕(藥湯)이라는 곳이었다.

"우엑! 구려."

"18, 코가 문드러지겠구만 이런 곳이 뭔 약탕이야?"

"1,000만 원 아까우시죠? 그럼 들어가십시오. 아깝지 않은 분은 들어가지 않으셔도 됩니다."

참가자들이 투덜거렸지만 진행 요원들은 참가자들을 강제로 기괴한 냄새가 진동하는 진흙탕 비스무리한 곳으로 몰아넣었다.

김진우는 효과가 없으면 고소하겠다고 결심하고는 돈이 아까워 억지로 약탕에 들어갔다. 깊이가 40cm 가량인 약탕은 체온과 비슷한 온도로 달구어져서 그런지 의외로 쾌적했다.

실로 오랜만에 뛴 후라 그런지 온몸에 힘이 쭉 빠져서 김진우는 자기도 모르게 잠에 빠져들었다. 얼마나 잤을까?

진행 요원들이 몸을 씻고 식사하라는 말에 억지로(?) 일어나려던 김진우는 너무나도 가뿐한 몸에 놀라지 않을 수 없었다.

'어! 이거 돈 들인 보람이 있는 것 같네.'

김진우뿐만 아니라 다른 사람들도 대부분 마찬가지 반응이었다.

'이거 사기는 아닌 모양인데······.'

김진우가 이렇게 생각한 것은 첫날 신체검사를 하고 '회춘일기' 프로그램에 적합하지 않는 사람들은 환불 또는 다른 프로그램으로 바꿔 주었기 때문이다.

이곳에 함께 온 친구 차성수도 '회춘일기' 프로그램을 수료하고 1년이 되지 않았다고 받지 않은 것도 그랬다. 차성수는 4,000만 원을 더 지불하고 '얼짱일기' 프로그램으로 옮겨 갔다.

4주 동안 열심히 하면 마누라도 못 알아본다나 어쩐다나 아무튼 김진우는 그렇게 혼자 남게 되었던 것이다.

"다 씻으셨으면 식당으로 가십시오. 여러분이 가셔야 할 식당은 누리 돔 2층에 있는 죽당(竹堂)이라는 곳입니다."

30분쯤 후에 진행 요원이 와서 프로그램 참가자들을 식사하도록 유도했다.

"이름이 왜 하필이면 죽당이야?"

"하하, 죽 먹는 곳이어서 죽당인 모양이지."

프로그램 참가자 7명이 너스레를 떨면서 죽당에 가니 입구에서 이름을 확인하고 A4 용지 세 장으로 된 리포트를 주었다.

"조교, 이게 뭔가?"

"읽어 보시면 압니다."

김진우가 슬쩍 훑어보니 그 내용이 엄청난 것이었다.

"어, 어떻게 이럴 수가?"

리포트 내용은 자기의 병력(病歷), 유전적 질병 가능성, 부족한 영양소, 앞으로 꼭 챙겨 먹어야 할 음식, 반드시 피해야 할 음식, 건강을 유지하기 위해서 해야 할 운동 등등이 적혀 있었다.

프로그램의 그 다음 순서는 개인별로 건강을 유지하기 위해서 해야 할 운동을 익히고 유전적 질병 가능성에 대처하는 방법 등을 배우는 것이었다.

이렇게 딱 1주일이 지나자 50세인 김진우의 신체적 나이는 28살이 되어 있었다. 혈압이나 혈당 등도 지극히 정상적으로 변했다.

'이 정도라면 사흘 밤을 새도 까딱없겠군. 이거 나만 할 것이 아니라 우리 마누라도 시켜야 되겠어.'

이런 생각은 비단 김진우뿐만 아니라 참가자 전원의 공통된 생각이었다.

'회춘일기' 프로그램 참가자의 입소문 덕분에 '회춘일기' 프로그램은 지원자가 줄을 이었다.

그런데 프로그램 당 1회에 딱 100명밖에 받지 않았기 때문에 몇 개월을 기다려야 하는 사람도 있었다.

그런 사람들 중에는 무리를 해서라도 보름 코스, 한 달 코스로 옮기는 사람도 있었다. 하지만 이들 코스들도 1회에 딱 100명밖에 받지 않는 것은 마찬가지였다.

'회춘일기' 프로그램이 중년에게 인기가 있다면 '얼짱일기' 프로그램은 여자와 아이들에게 인기였다.

4주에 5천만 원이란 거금이 들었지만 경락 마사지와 약물요법만으로 골격과 체질 자체를 바꿔 주었기 때문에 성형수술과는 달리 아무 부작용 없어서 A급 탤런트나 배우들도 선호했다.

'환' 종합매니지먼트사에서 '회춘일기'와 '얼짱일기'로 벌어들이는 돈은 한 달에 420억 원이었다. 1년 매출이 5,000억 원이 넘는다는 말이었다.

물론 그게 전부 순익은 아니었다. 매출의 대부분은 약초 대금 등으로 나갔기 때문이었다.

'회춘일기'와 '얼짱일기'가 성공적인 프로그램이라고 평가받는 또 하나의 이유는 강원도에서 자생하는 약초들을 고가에 사들여서 지역 경제에 공헌하고 있다는 것이었다.

해마다 매출의 60% 가량인 3,000억 원이 약초 대금 등으로 강원도에 뿌려져 강원도 도민들에게 효자 노릇을 톡톡히 하고 있었던 것이다. 사실 매출의 10%가량만 지출해도 될 약초 대금 등에 60%를 지출한다고 주위에서 멍청한 짓이라고 말렸지만 강권은 돈을 벌려고 하는 사업이 아니어서 강행했다.

강권이 인근 주민들에게 원하는 것은 납품하는 약재의 질을 최상으로 유지하라는 것이었다. 돈 욕심 때문에 약재의 질을 떨어뜨리면 1차 경고를 하고 그래도 품질이 그대로면 납품 계약을 취소했다.

그뿐만 아니라 블랙리스트에 올려 앞으로 그룹 '환' 과는 어떠한 계약도 할 수 없게 만들었다. (사실 23C 과학을 사용하면 굳이 약재를 사용할 필요가 없었지만 강권이 이를 알리지 않았다는 것을 약재를 납품하는 주민들은 알지 못했다.)

'회춘일기'와 '얼짱일기' 프로젝트의 성공은 누리 종합리조트를 관광의 명소로 만들어버렸다.

"강권이, 내가 자네 때문에 골치 아파 죽겠어?"

"하하, 정암이 그게 무슨 소리인가?"

"첸치후이 중국 국가 주석이 어떻게 알았는지 자기도 '회춘일기' 프로젝트에 참가하고 싶다고 조르는데 정말 미쳐 버리겠어."

"하하, 행복한 고민이로구먼. 그런데 이거 어쩌지? 예약이 벌써 1년이나 밀려 있는 걸."

강권은 서원명 대통령의 요청에 희소성의 원칙을 포기해야 하나 말아야 하나 고민을 하지 않을 수 없었다.

프로그램 당 1회에 딱 100명을 받는다는 희소성의 원칙은 프로그램 참가자들에게 참으로 매력적인 조건이고 고객에게 그만큼 더 만족을 주는 요인으로 작용하고 있었기 때문이다.

'약재야 필요한 물질을 추출해서 사용하면 될 것이고, 진행요원들이야 양성을 하면 되니 이 기회에 외화벌이를 해?'

이렇게 고민을 하던 강권이 희소성의 원칙을 포기해야만 할 사건들이 거푸 발생했다.

우리나라에 국빈 방문을 하는 각국의 정상들이 우리나라에 올 때마다 '회춘일기'와 '얼짱일기' 프로젝트에 참가할 수 있게 해달라고 조르는 것이 그 사건들 중 하나였다.

그뿐만이 아니라 어떻게 하면 '회춘일기'와 '얼짱일기' 프로젝트에 참가할 수 있느냐고 외무부에 질문이 쏟아져서 외무부가 일을 제대로 볼 수 없다는 것도 그 사건들 중 하나였다.

그런가 하면 한류에 편승해서 외국으로 나가 공연을

한 가수나 배우들이 어떻게 말했는지 몰라도 '회춘일기'와 '얼짱일기' 프로젝트를 외국인에게도 개방하라고 시위를 한다는 것이었다.

"하, 이러면 어쩔 수 없나? 좋아. 개방하지 뭐."

강권은 결국 외압에 굴복(?)해서 어쩔 수 없이 '회춘일기'와 '얼짱일기' 프로젝트 개방을 할 수밖에 없었다.

프로그램 당 1회에 딱 100명을 받는다는 원칙도 외국인들에게는 지원자가 폭주하는 바람에 200명으로 했다가, 300명으로, 다시 400명으로 늘렸다 결국 1,000명까지 늘리게 되었다.

1년 매출이 5조가 넘는다는 말이었다.

그런데 외국인들에게는 약재를 쓰지 않고 식물이나 광물 등에서 필요한 물질을 추출해서 사용하니 매출의 90% 이상이 순이익이었다. 그것을 알게 된 서원명 대통령이 구미가 당기는지 은근하게 물어왔다.

"이봐, 강권이 그렇게 돈 벌어서 어디에 쓸 거야?"

"하하, 자네가 취임식장에서 말했던 방식으로 쓸려고 하네."

"내가 취임식장에서 말했던 방식이라니?"

"제3세계와의 협력 기금 말이야. 다른데 급히 쓸 일이 없다면 해마다 40억 달러 정도는 그 협력 기금에 보태

고, 4억 달러 정도는 '홍익인간'이라는 재단에 기부하려
고 하네. 나머지 1억 달러 정도는 내가 수고비조로 챙기
고 말이야. 외국에서 벌어들인 돈이니 그렇게 쓰는 것이
정당하지 않겠는가?"

"하하하, 역시 자네답군. 내가 바라던 바야. 그리고 내
가 지명하는 나라에 쓰기까지 한다면 나로서는 대만족이
네. 하하하!"

강권은 서원명 대통령의 입이 찢어지는 것을 보고 만
족스러웠지만 입에서 튀어나온 말은 그게 아니었다.

"이 사악한 대통령아, 재주는 뭐가 넘고 돈은 왕 서방
이 챙긴다고 자네가 딱 그 짝일세. 그래 돈은 내가 쓰고
자네는 명분을 챙기겠다고?"

"하하하, 그 정도 돈이야 자네에게는 껌 값 아닌가?
설마 껌 값 좀 내가 쓰겠다는데 그게 그렇게도 배가 아픈
가?"

"헐, 벌써 그런 것까지 알아차린 거야? 대통령 자리가
좋긴 좋은 모양이군 그래. 그나저나 그럼 나는 뒷주머니
차는 것도 안 되잖아."

"하하, 엄살 부리지 말게. 자네가 뒷주머니에 감추어 둔
돈이 무려 300~400억 달러는 족히 되는 걸로 알고 있
네. 그 돈은 나 몰라라 할 테니 그것으로 된 것 아닌가?"

"설마 내가 그만큼 많은 돈이 있을라고?"

강권은 이렇게 얼버무렸지만 서원명 대통령의 말에 속이 뜨끔하지 않을 수 없었다. 그 일을 아는 사람은 자기밖에 없을 텐데 서원명이 딱 꼬집어서 말했기 때문이다.

'설마 '달' 그 녀석이 서원명에게 고자질 했을 리는 없을 텐데?'

이런 의구심은 서원명 대통령의 이어진 말에 곧 풀렸다.

"자네 할아버지란 분이 꿈에 나타나서 말씀하시더군, 바하마 제도의 비밀은행에 350억 달러가 있다고 말이야. 또 세계 각처에 부동산이 한반도 면적보다 더 많이 갖고 있다며? 그래서 과연 그럴까 하고 몇 군데 알아보았더니 정말로 자네 소유더군."

"……."

강권은 할 말을 잊고 말았다.

'이런 영감탱이가 이젠 다른 사람의 꿈에까지 나타나고 그러나?'

내심 이렇게 할아버지를 씹었지만 그렇다고 씁쓸한 기분이 가셔지지는 않았다.

—내, 외국인을 막론하고 가장 가 보고 싶은 곳을 물어
보면 열 사람 중 예닐곱 사람은 누리 종합리조트를 말했
습니다. 그렇다면 누리 종합리조트의 매력은 과연 무엇일
까요? 본 리포터는 이런 궁금증을 갖고 누리 종합리조트
의 매력에 대해서 파헤쳐 보기로 했습니다. 우선 인천공
항으로 입국하고 있는 외국인에게 누리 종합리조트를 알
고 있으며 알면 어떻게 알고 있는가에 대해서 물어보도록
하겠습니다.

케이블 Q채널의 간판 방송이랄 수 있는 '그것이 궁금
타!'의 리포터 채성주는 인천공항으로 입국하는 외국인
들에게 마이크를 들이대고 물었다.

—안녕하십니까? 한국엔 무슨 일로 오셨습니까?

[안—녕— 하시입니이까? 프랑스에서 온 미테랑입니
다. 작년부터 몸이 좀 좋지 않아서 '환' 종합 매니지먼트
사에서 마련한 '회춘일기' 프로그램에 참가하러 왔습니
다. 내 와이프 소피와 딸 줄리는 '얼짱일기' 프로그램에
참가하러 왔고요.]

—몸이 좋지 않으시면 병원에 가 보셔야 하는 것 아닙
니까?

[그렇지 않습니다. 나처럼 연식이 오래되면 보링을 해

주어야 하는데 '회춘일기' 프로그램 딱 안성맞춤입니다. 내 와이프와 딸은 아름다워지고 싶어 합니다. 그렇다면 '얼짱일기' 프로그램이 딱 제격입니다. 내 친구가 이미 '회춘일기' 프로그램 경험했습니다. 내 친구의 나이는 55살입니다. 그런데 '회춘일기' 프로그램 끝난 한 달 후에 내 친구 신체 나이는 33살로 되었습니다. 10만 유로를 투자해서 22살이 젊어졌다면 돈이 아깝지 않습니다.]

─세 분이 '회춘일기' 프로그램과 '얼짱일기' 프로그램에 참가하면 돈이 엄청 많이 들 텐데 얼마나 생각하고 결정한 것입니까?

[내 친구 미카엘이 '회춘일기' 프로그램에 갔다 오고 난 후에 너무나 젊어져서 어떻게 그렇게 젊어질 수 있었냐고 물었습니다. 그래서 나는 '회춘일기' 프로그램을 알게 되었습니다. 그리고 곧장 '회춘일기' 프로그램에 신청했습니다. 나만 하기가 미안해서 와이프와 딸을 함께 데리고 온 것이고요.]

─'회춘일기' 프로그램과 '얼짱일기' 프로그램이 기간이 상당히 긴데 생업에 지장이 없습니까?

[올해 마침 안식년 휴가가 나오는 해여서 생업에 지장은 없습니다. 원래 계획은 아내와 함께 크루즈 여행을 가기로 했었는데 '회춘일기' 프로그램과 '얼짱일기' 프로

그램에 참여하는 것으로 바꾸었습니다. 아내도 흔쾌히 동의했고요.]

―'회춘일기' 프로그램과 '얼짱일기' 프로그램의 기간이 다른데 그 다른 기간은 어떻게 보내실 겁니까?

[그것은 아내가 1주일 코스의 '회춘일기' 프로그램에 참가하고, 딸 줄리는 관광을 하면서 지내기로 했습니다.]

―이번 한국 여행에 예산은 얼마나 예상하고 오셨습니까?

[아내와 함께 크루즈 여행을 가기로 하고 모아 놓은 50만 유로를 모두 쓸 작정입니다. 누리 종합리조트 근처에 볼 만한 곳이 많다고 들었기 때문입니다.]

미테랑과의 인터뷰는 편집이 되고 리포터 채성주는 다른 외국인과 인터뷰를 했다.

―이렇다는군요. 그럼 다른 외국인과 인터뷰를 시도해 볼까요?

이번에는 동양 사람으로 보이는 외국인과 인터뷰를 했다.

―실례지만 한국에 어떻게 오시게 된 것인지 여쭈어 볼 수 있을까요?

[예. 안녕하십니까? 채성주 아나운서님. 만나 뵙게 되어 영광입니다. 직접 뵈니 실물이 훨씬 나아 보이는데요.]

리포터 채성주는 중국인으로 보이는 외국인이 자신을 한눈에 알아보자 내심 뿌듯한 생각이 들어 물었다.

—저를 아시는 걸 보니 '그것이 궁금타!'를 보신 모양이군요.

[예. 그렇습니다. '그것이 궁금타!'의 열렬한 팬입니다. 지금까지 방영된 '그것이 궁금타!'는 한 편도 빼놓지 않고 다 보았습니다. 그런데 혹시 이것 '그것이 궁금타!' 인터뷰입니까?]

채성주가 그렇다고 하고 좋아서 팔짝팔짝 뛰었다.

그런데 공교롭게도 중국인 차오샤오춘 역시 '회춘일기' 프로그램에 체험하러 왔다는 것이다.

채성주가 아무리 보아도 '회춘일기' 프로그램에 참가하기에는 너무 어려 보여 나이를 물었더니 올해로 딱 40살이 되었다고 했다.

—젊어 보이시는데 굳이 비싼 돈을 들여가며 '회춘일기' 프로그램에 체험할 필요가 있습니까?

[제 와이프 나이가 24살입니다. 젊은 아내와 행복하게 살려면 제가 더 젊어져야 할 필요를 느껴서 신청하게 되었습니다.]

이후 인터뷰 내용은 미테랑과 대동소이했는데 한류에 영향을 받았는지 미테랑보다는 훨씬 공손한 어조라는 점이 달랐다.

차오샤오춘과 인터뷰가 끝나자 몇 사람 더 인터뷰를 했는데 그들 대부분 '회춘일기' 프로그램과 '얼짱일기' 프로그램을 잘 알고 있었으며 입에 침이 마르도록 칭찬을 했다.

—본 리포터는 '그것이 궁금타!'를 위해 취재하면서 '회춘일기' 프로그램과 '얼짱일기' 프로그램은 외화 획득뿐만 아니라 대한민국을 외국에 알리는데도 지대한 공헌을 하고 있다는 것을 알게 되었습니다. 한 달에 최소 6,000명의 외국인들이 '회춘일기' 프로그램과 '얼짱일기' 프로그램에 참가하기 위해서 내한했고, 그들의 체류 기간이 최소 보름이었습니다. 그 최소 보름 동안에 최소 2만 달러란 거금을 썼고, 어떤 사람들은 두 달 이상 체류하면서 20만 달러를 쓰는 사람도 많았습니다. 본 리포터는 '그것이 궁금타!'를 위해 취재하면서 대한민국에 태어난 것을 자랑스럽게 생각하지 않을 수 없었습니다. 또한 외국인들이 돈을 싸 들고 와서 쓰고 가면서도 칭찬하게 만든 '환' 종합매니지먼트사에 경의를 표하지 않을 수 없었습니다.

Q채널의 '그것이 궁금타!' '회춘일기' 프로그램과

'얼짱일기' 프로그램 편이 방영되고 난 후에 대한민국은 다시 한 번으로 몸살을 앓았다. 이번에는 누리 돔구장 때문이었다.

1조를 들여서 돔 구장을 지었으면 빨리 일반에 공개하라는 것이었다.

"이런 제미랄 놈들, 자기들이 돔 구장을 짓는데 단돈 10원이라도 보탰나? 왜 공개하라 마라야? 안 그렇습니까? 회장님."

"하하하, 오 사장, 그렇게 삐뚤게 생각지 말아. 누리 돔 구장에 그만큼 애정을 갖고 있다는 것 아니겠는가? 그나저나 오 사장, 잔디의 상태는 어떤가?"

"예. 회장님. 잔디를 교체한 시간이 워낙 짧아서 아직 경기를 하기엔 좀 무리가 있을 듯싶습니다. 하지만 이번 교체한 잔디의 품종이 워낙 명품이어서 보름만 지나면 경기를 해도 지장이 없을 것 같습니다."

그랬다.

돔 구장을 완성하고 비슷한 고도(高度)에 있는 쿠어스필드에 심어져 있는 잔디와 같은 종류의 잔디를 심었는데 이상하게도 잔디가 제대로 활착이 되지 않아 개장을 하지 못하게 되었던 것이다.

부랴부랴 그 원인을 진단한 결과 잔디를 납품회사에서

불량 잔디를 납품했다는 것을 알게 되었다.

그래서 강권이 유전자 공학을 이용해서 새로운 잔디 품종을 개발하고 그 잔디로 다시 전면 교체를 하기에 이르렀던 것이다.

"오 사장, 보름 후에 잔디가 완전해진다는 것을 가정해서 돔 구장을 활용할 방안을 공모하도록 하게."

"회장님, 돔 구장을 활용할 방안을 공모하라고요?"

"그렇지. 우리 그룹 식구들뿐만 아니라 전 국민을 상대로 공모를 하도록 하게. 전 국민의 사랑을 받는 구장이니까 전 국민의 의견을 수렴하는 게 좋겠지. 총 10명을 뽑되, 1등 1명에겐 상금 1억 원과 평생 무료입장권, 2등 2명에겐 상금 5천만 원과 10년 무료입장권, 나머지 7명에겐 상금 천만 원과 1년 무료입장권을 사은품으로 걸도록 하게. 아니, 쓴 김에 팍팍 쓰도록 하지. 상금은 그대로 두고 2등 2명에게 1등처럼 평생 무료입장권을, 나머지 7명에겐 10년 무료입장권을 주도록 하게."

"예에? 그렇게나 많이요? 아! 예. 알겠습니다."

'환' 종합매니지먼트사 산하 시설물 관리 공단사 사장 오상학은 강권의 지시에 약간 불만이 있었다. 너무 많은 사은품이 걸린 까닭이었다. 하지만 오너의 명령을 따르지 않을 수 없어 기자회견을 열었다.

"우리 회장님께서 우리 누리 돔에 대해 깊은 애정을 갖고 계신 국민 여러분께 보답하기 위해서 돔 구장을 활용할 방안을 공모하도록 지시하셨습니다. 총 10명을 뽑되, 1등 1명에겐 상금 1억 원과 평생 무료입장권, 2등 2명에겐 상금 5천만 원과 역시 평생 무료입장권, 나머지 7명에겐 상금 천만 원과 10년 무료입장권이란 거금을 사은품으로 걸었습니다. 자세한 것은 보도 자료를 배포해 드리겠습니다. 아무쪼록 국민 여러분의 많은 참여를 바랍니다."

"M일보의 주세혁 기자입니다. 돔 구장의 개장이 늦어진 원인이 불량 잔디를 납품받아서였다고 하는데 사실입니까?"

"예. 사실입니다. 우리 누리 돔 구장이 1,466m라는 고지대에 있다 보니까 비슷한 고도의 쿠어스필드에 심은 잔디를 심기로 결정을 했습니다. 그런데 잔디 납품회사인 미국 젤로스사에서 불량 잔디를 납품해서 제대로 활착을 하지 못했습니다. 결국 우리 그룹 '환'의 우성바이오사에서 새로운 잔디 품종을 개발해서 잔디를 전면 교체하다 보니까 개장이 늦어지게 된 것입니다."

"C일보의 정문화 기자입니다. 제가 알고 있는 바로는 평생 무료입장권은 시가가 1억 원이 넘는 걸로 알고 있는데 그렇게 많은 상금을 걸고 원하는 것은 무엇입니까?"

"정문화 기자님, 평생 무료입장권의 가격은 2억 원이라고 정정해 드리겠습니다. 평생 무료입장권을 소지하신 분은 경기 당일 날 전, 후일에 누리 종합리조트 부대시설을 대부분 무료로 이용하실 수 있습니다. 여기에는 숙박시설, 컨트리클럽, 놀이공원까지 포함이 되어 있습니다. 또한 몇 가지 프로젝트는 10% 할인받을 수 있습니다. 요즘 시중에서는 10억 원이 넘는 가격으로 매매되고 있다고 들었습니다. 그리고 우리 '환' 종합매니지먼트사가 공모전에서 원하는 것은 말 그대로 돔 구장의 활용 방안입니다. 우리 그룹 '환'은 두 개의 돔 구장을 짓는데 무려 1조 원이 넘는 자본을 투자했습니다. 그 많은 자본을 들여서 지은 돔 구장인데 제대로 활용해서 부가가치를 높여야 하지 않겠습니까? 그래서 총 상금 10억여 원을 사은품으로 걸고 공모전을 열게 된 것입니다. 세금까지 우리 '환' 종합매니지먼트사에서 대납을 해 주니 실제로 상금은 13~4억 원이 될 것입니다."

10억이 넘는 평생 무료입장권, 거기에 세금까지 전부 대납해 주겠단다. 이건 완전 로또였다.

한 사람이 1번 응모할 수 있다고 제한을 두었는데도 응모 기간 한 달 사이에 무려 500만 통이 넘는 응모를 받았다.

이러한 사실은 외신을 통해서 해외토픽으로 소개되었고, 누리 돔은 개장하지 않았는데도 세계에서 가장 유명한 돔 구장이 되었다. 불과 13~4억 원을 써서 엄청난 PR 효과를 누리게 되었으니 엄청 남는 장사가 아닐 수 없었다.

사실 강권이 원했던 것도 이것이었다.

제8장

온누리배(盃) 국제 축구대회를 개최하다

그룹 '환' 최강권 회장님께.

회장 아저씨.

저는 서울 동작구에 있는 보라매 초등학교 2학년에 다니는 오건환이라고 합니다. 저의 아버지께서 축구선수를 하셨기 때문에 저도 축구선수가 되고 싶습니다.

그런데 저는 런던올림픽에서 우리나라가 스위스에게 승리를 도둑맞아 8강에서 떨어진 것이 너무 분해서 견딜 수가 없습니다.

회장 아저씨.

14명이 싸워서도 1:0으로 지고 있으니까 우리나라 선수를 두 명이나 퇴장시켰잖아요. 어떻게 그럴 수 있죠?

회장 아저씨 회사에서 누리 돔을 지어서 그 활용 방안에 대해서 응모하라고 해서 하는 건데요. 엄청 많은 상금을 걸어서 축구대회를 열면 안 될까요? 우리 아버지께서 하시는 말씀을 들었는데 사람들이 UEFA 챔피언스 리그나 월드컵에 열광하는 것이 대회 상금이 많이 걸려서 그렇다고 하더라고요.

회장 아저씨, 아저씨는 그룹 회장이니까 돈이 많잖아요?

꼭 그렇게 해 주세요. 2002년 월드컵을 보더라도 우리나라에서 세계 축구대회를 열면 우리나라가 4강은 가잖아요?

회장 아저씨.

꼭 좀 부탁드릴게요.

500만 통이 넘는 응모 중에서 강권의 마음을 움직인 응모는 바로 이것이었다.

"자! 다들 이것 좀 읽고 소감들을 말해 봐."

"예. 회장님."

'환' 종합매니지먼트사의 홍보실 직원들이 복사되어서 나누어진 응모를 읽더니 다들 무언가 말을 하려다 입을 다무는 것이었다.

그걸 알아차리지 못할 강권이 아니었다.

"다들 무슨 말을 하고 싶어 하는 것 같은데 허심탄회하게 하도록 하십시오. 나는 윗사람에게 잘 보이려고 눈치를 살피는 사람보다 자기가 생각하는 바를 솔직하게 털어놓을 수 있는 사람들을 더 높게 평가합니다."

강권이 이렇게 말하자 홍보실 직원들이 한 사람씩 자기 생각을 말하기 시작했다.

"저는 홍보 2과 정장석이라고 합니다. 제가 말씀드리려는 것은 상금이 아무리 많아도 주최국의 실력이 없다면 참석하려 하지 않을 것입니다. 그러면 돈만 들이고 얻는 것은 없을 것입니다."

"정장석 씨, 말씀은 잘 들었습니다. 알려진 것으로는 우리 축구가 그저 그런 것으로 알려져 있지만 이것은 조만간 바뀌어질 것입니다. 그리고 우승 상금이 1억 달러나 되는 거액이라고 해도 참석하려 하지 않을까요?"

강권의 말에 홍보과 직원들이 벙 쪄서 입만 쩍 벌리고 아무 말도 하지 못했다.

1억 달러가 누구 애기 이름도 아니고 일개 축구대회에 어떻게 그런 거액의 상금을 걸 수 있단 말인가?

1억 달러라면 모르긴 몰라도 기를 쓰고 참석할 것이

분명했다.

"저는 홍보 1과에 근무하고 있는 가치만이라고 합니다. 회장님, 우승 상금이 1억 달러라고 하셨는데 그러면 참석하려는 나라들이 많이 있을 것입니다. 그렇지만 우승 상금이 1억 달러라면 준우승 상금 등을 합하면 대략 2억 달러의 예산을 써야 할 것입니다. 그런데 과연 그렇게 투자를 해서 그만한 수익을 올릴 수 있겠습니까? 솔직하게 말씀드리자면 저는 중계권료나 경기를 보러 오는 사람들이 쓰는 돈을 합하더라도 적자가 날 것이 분명하다고 생각합니다. 저는 반대하고 싶습니다."

"치만 씨, 세상에는 보이는 것과 보이지 않는 게 있습니다. 눈에 보이는 게 커 보일지 모르겠지만 실상 세상을 움직이고 있는 것은 눈에 보이지 않는 것들입니다. 눈에 보이지 않는 게 더 가치가 있다는 말이지요. 나는 그것을 추구하고 싶습니다. 너무 뜬구름 잡는 식의 말이어서 이해가 되지 않을 것입니다. 쉽게 말해서 나는 우리 그룹이 개최하는 축구대회가 세계 축구협회에 영향력을 미치고 그것을 빌미로 기존의 세계 축구계를 재편하고 싶습니다. 여러분들도 다 2006년 독일 월드컵을 보셨을 것입니다. 토고에 2:1로 이기고, 프랑스와 1:1로 비기자 우리 국민 대부분은 우리나라가 16강 진출이 유력하다고 생각했습니다. 그런데 우리나라와 스위스와의 경기가 시작되기도 전에 현지 분위기는 이미 프랑스와 스위스가 16강에 올라간다고 거의 확신을 하더군요. 이미 짜고 하지 않은 다음에야 그럴 수 없지 않겠습니까? 아니나 다를까 결과는 편파적인 판정에 의해서 스위스에게 0:2로 지지 않았습니까? 그런데 우리나라는 어떻게 했습니까? 아무 소리도 못하고 그대로 좌절하지 않았습니까? 그것도 그것이지만 그동안 아시아에서도 중동 오일달러에 밀려 편파 판정에 눈물을 흘린 것이 몇 번입니까? 그러고도 우리나라는 아무런 항의도 하지 못했지요? 나는 앞으로 이런 일이 없도록 하겠다는 것입니다. 그래서 우리 국민들이 다시는 그런 좌절감을 갖지 않도록 하겠습니다. 피파를 발칵 뒤집어 놓아서라도 반드시 그렇게 만들 생각입니다. 돈이야 10억 달러든 20억 달러든 얼마가 들어도 좋으니까 대한민국 국민이란 게 자랑스럽게 만들고 싶다는 것이 내 생각입니다. 속설에 앞으로 남고 뒤로 밑진다는 말이 있지만 나는 앞으로 밑지고 뒤로 남는 예를 만들고 싶습니다. 그것은 여러분들의 몫입니다."

강권의 말에 홍보실 직원들은 감동을 먹었는지 더 이상의 반대는 없었다.

"저는 홍보 1과의 과장으로 근무하는 위대한이라고 합

니다. 저의 할아버지께서 위대한 사람이 되라고 이름을 그렇게 지었다고 합니다. 회장님 말씀을 듣고 그 정도 돈을 쏟아부을 여력이 있으시면 차라리 피파 회장을 아예 우리나라 사람으로 교체해 버리는 것이 어떨까 하는 생각이 들었습니다. 우선 저는 회장님의 영향력으로 세계 각국의 정상들에게 압력을 행사하셔서 그들에게 현 피파 회장을 압박하도록 하면 축구협회장의 지지기반이 약해질 것입니다. 그와 동시에 해마다 축구대회를 열어서 대한민국을 주목하게 만드십시오. 가능하면 국가대항전과 클럽대항전을 모두 개최하는 것이 좋겠지요. 물론 우리나라 축구 실력이 어느 정도 선에 올라선다는 전제가 깔려야 하겠지만 말입니다. 이상입니다."

"좋습니다. 위대한 과장님, 일단 생각하고 계시는 것을 문서로 작성해서 보고하도록 하십시오."

위대한 과장은 이때까지만 해도 졸지에 이사급으로 승진하리란 생각은 하지 못했다.

이진호 정선군수는 황당한 제안을 받았다.

"우리 정선군에 3만 명을 수용할 수 있는 국제 규격의 최첨단 축구장을 건설해 주겠다고요?"

"그렇습니다. 우리 '환' 종합매니지먼트사에서 모든 비용을 대겠으니 군수님은 장소만 물색해 주십시오. 아니, 장소는 우리 누리 놀이공원 근처로 할 테니까 군수님께서는 형질만 변경해 주십시오. 그러면 전부 우리 그룹에서 알아서 하겠습니다."

"그거야 어려운 것은 아닙니다만……."

이진호 군수가 이렇게 얼버무리며 '환' 종합매니지먼트사 산하 누리 시설물 관리 공단사 사장 오상학의 얼굴을 빤히 쳐다보며 고민에 빠졌다.

'세상에 이제 겨우 인구 6만인 촌에다 국제 규격의 최첨단 축구장을 지어서 어쩌겠다는 거지?'

공짜로 국제 규격의 최첨단 축구장을 건설해 주겠다는데 고민할 필요가 무에 있느냐고 백이면 백 그렇게 말할 것이다.

하지만 속내를 따져 보면 절대 공짜란 없다.

"대회는 짧고 시설 유지 비용은 오래간다."는 말이 있다.

호주의 시드니는 2000년 올림픽을 하면서 지은 9만 명 규모의 종합운동장 유지 관리비에 해마다 3천만 달러를 쓰고 있다.

2008년 베이징올림픽의 상징인 수영경기장 '워터큐브'도 전혀 활용하지 못하고 있으면서 역시 거액을 쓰고 있다.

인구가 수백만 명인 도시들도 활용하지 못하고 유지 보수에만 거액을 들이는데 겨우 6만 명인 정선에 축구장을 세우면 해마다 수십억에 달하는 유지 보수 비용은 어떻게 할 것인가?

'젠장, 돈만 많이 들고 더는 쓸모는 없는 것을 가리켜 white elephants라고 한다던데 자칫 애물덩어리 코끼리 한 마리 키우게 생겼잖아.'

거부하면 될 일을 이진호 군수가 이렇게 고민을 하는 이유는 줘도 못 먹으면 앞으로는 안 줄 가능성이 크기 때문이었다.

카지노가 들어서면서 재정 자립도가 겨우 20%를 턱걸이 했는데 누리 놀이공원이 생기면서 재정 자립도가 96%가 되었다.

'비슷한 규모의 상암 월드컵 경기장 1년 유지 보수 비용이 73억이라고 그랬지. 그러면 그게 빠져나가면 올해 예산이 416억 7천만 원이니까 유지 보수 비용에 70억 정도를 쓰면 재정 자립도가 70% 대로 떨어지겠군.'

이진호 군수가 열심히 짱구를 굴릴 때 반가운 소리가

들렸다.

"군수님, 유지 보수 비용 때문에 그러시는 거라면 그렇게 고민하실 필요가 없습니다. 시설 유지 보수 비용은 전적으로 우리 누리 시설물 관리 공단사에서 책임을 지겠습니다."

"예에? 그러시다면야……."

"대신에 사용 수익권은 전적으로 우리 그룹 '환'에 귀속하게 해 주시는 것입니다. 물론 소유권은 정선군에 있는 것으로 하고요."

"하하하, 운동장이야 마음대로 사용하십시오. 어차피 우리 정선군에서는 귀사 소유의 토지에 형질 변경만 해 주는 것이니까요. 총무국장에게 최대한 편의를 봐주라고 지시를 내려 두겠습니다."

이진호 군수는 호탕하게 웃으며 승낙을 했다.

그런데 오상학 사장이 가지 않고 즉시 MOU를 체결하자고 했다.

"지금 당장이요?"

"예. 그렇습니다. 쇠뿔도 단김에 빼라는 말이 있잖습니까? 올 9월에 누리 돔에서 국제 축구대회를 열 예정이어서 부대 경기장의 건설이 급하거든요."

"예에? 9월에 축구대회를 여는데 지금 부대 경기장을

만들겠다고요?"

"예. 누리 돔을 짓는데 10개월 정도 걸렸으니, 대략 3
~4개월 걸릴 것입니다."

"무슨 경기장을 그렇게나 빨리…… 알았습니다. 그럼,
그렇게 합시다."

MOU야 복잡할 것도 없다는 생각이 들어 이진호 군수
는 선선히 승낙했다. 이미 누리 돔구장을 짓고 누리 놀이
공원을 만드는데 MOU를 체결한 경험이 있으니까 일도
아니라는 생각이었다.

그런데 훗날 땅을 치고 후회할 일이 생긴다는 것을 미
처 예상치 못한 성급한 행동이었다는 것을 절감해야 했
다.

자기 군에서 들인 게 하나도 없어 선심을 써서 반영구
적으로 사용 수익을 주었는데 그게 엄청난 수익이 생겼기
때문이다.

이 같은 일은 인근 강릉시와 평창군, 영월군에서도 벌
어졌다.

평창이야 이미 '회춘일기' 프로그램과 '얼짱일기' 프
로그램 덕분에 톡톡히 재미를 보았으니 반대를 할 리 없
었고, 옆에서 보고 배 아파했던 강릉시와 영월군도 이어
서 쌍수를 들어 환영했다.

그도 그럴 것이 그룹 '환'과 연결되어서 손해 봤다는 지자체가 한 군데도 없었기 때문이다.

예산이 많은 충주시의 재정 자립도가 10% 정도 올랐고, 예산이 적은 군은 많게는 76%에서 적게는 39%나 올랐기 때문이었다.

이렇게 4개 구장을 착공하면서 '환' 종합매니지먼트사에서 국제 축구대회를 개최한다는 기자회견을 했다.

백여 명이 넘는 내, 외신 기자들을 모아 놓고 발표한 내용은 놀랍기 그지없는 것이었다.

"우리 그룹 '환'의 최강권 회장님께서 누리 돔구장의 개장을 기념하기 위해서 해마다 축구대회를 개최하기로 결정하셨습니다. 축구대회의 명칭은 '온누리배(盃) 국제 축구대회'이고 국가대항전과 클럽대항전을 모두 개최할 것입니다. 우승 상금은 1억 달러, 준우승 상금은 3천만 달러, 3위는 2천만 달러, 4위는 1천만 달러입니다. 6월에는 클럽대항전을, 9월에는 국가대항전을 열 계획입니다. 우리나라에 오게 되는 팀들 중 16강에 들면 소정의 상금과 배당금을 받게 될 것입니다. 참, 국가대항전 16강전부터 강릉, 영월, 평창, 정선에서 만들고 있는 4개 구장에서 할 것입니다."

'환' 종합매니지먼트사의 느닷없는 발표에 기자들은

어안이 벙벙한지 잠시 멍청하게 있었다.

축구대회 중에서 가장 상금이 많다는 유럽축구연맹
(UEFA) 챔피언스 리그의 우승 상금과 배당금을 합해야
겨우 7,600만 달러 정도였다. 그리고 역대 월드컵에서
최고로 많은 우승 상금 역시 3,000만 달러 정도에 불과
했다.

그런데 우승 상금이 1억 달러에 추가로 배당금까지 더
준다니 지구상에서 제일 상금이 많은 축구 대회가 아닐
수 없었다.

그것뿐인가. 국가대항전과 클럽대항전을 모두 개최한
다면 온누리배 축구대회는 유럽축구연맹(UEFA) 챔피언
스 리그와 월드컵의 권위를 무색케 만들 것이다.

하지만 기자들 대부분의 뇌리에는 그렇게 많은 상금을
준다고 해서 대회가 꼭 성공하리란 보장이 없다는 생각이
스쳤다.

축구 실력은 형편없는데 상금만 엄청 많으면 돈 자랑
을 한다고 조소를 보낼 것이었기 때문이다.

그래서 그랬는지는 몰라도 가장 먼저 조소가 섞인 질
문을 한 기자는 영국 로이터 통신의 헤럴드였다.

[로이터 통신의 헤럴드 기자입니다. 대한민국의 피파
순위는 30위권 밖에 있습니다. 그런 축구 후진국에서 거

금을 들여서 대회를 개최한다고 해서 성공한다는 보장이 있겠습니까?]

"헤럴드 기자. '사별삼일(士別三日) 괄목상대(刮目相對)'라는 동양에서 전해 내려오는 말이 있습니다. 세상이 어떻게 변하게 될지는 그 누구도 장담하지 못합니다. 그처럼 앞으로 몇 년 안에 어떠한 축구대회도 대한민국을 우승 후보에서 제외시킬 수 없게 될 것입니다. 이것은 우리 그룹 회장님의 의지이고 자신감입니다. 그렇게 되면 가장 권위 있는 축구대회가 우리 그룹에서 개최하는 '온누리배(盃) 국제축구대회'가 될 것이라는 생각은 들지 않으십니까?"

[뉴욕 타임즈의 브라운 기자입니다. 사실 아시아권의 나라들이 세계대회에서 우승 후보에 드는 것은 10년 내에서는 불가능하다는 게 전문가들의 평입니다. 그런데 불과 몇 년 안에 우승 후보에 들 정도로 축구 실력을 향상시키겠다고 하시는데 그렇게 만들 비결이라도 있을까요? 있다면 좀 알려 주십시오.]

헤럴드 기자와 만찬가지로 브라운 기자 역시 질문이라고 하기보다는 조소에 가까웠다.

그런데 위대한 본부장은 전혀 안색의 변화 없이 차분하게 대답을 해 주는 것이었다.

"하하, 비결이라면 비결이 있지요. 그 비결은 스피드와 순발력, 지구력을 극대화시키는 것입니다. 우리 '환' 그룹에서는 이미 극비리에 선수단 구성을 끝냈고, 선수들을 조련하고 있습니다. 아마도 빠르면 6월경에 열리는 '온누리배 클럽 선수권 대회'에서 그 실력을 보게 될 것입니다."

이곳에는 국내 스포츠 신문사의 기자들도 많이 있었기 때문에 그룹 '환'에서 뽑은 선수들이 어떻다는 것을 잘 알고 있는 기자들도 있었다.

그런데 그룹 '환'에서 뽑은 선수들의 면면은 체격 조건은 나름 좋지만 기술은 형편없는 후보 선수들이었다.

한마디로 드래프트에서 떨어진 떨거지들 가운데서 뽑은 선수들이 전부였다. 그리고 감독이라고 뽑은 사람도 알고 보면 선수 생활을 하다 부상을 당해 하반신이 마비된 사람이었다.

그렇게 볼 때 감독도 그렇고 선수도 그렇고 경험 면에서 보면 규격 미달이라고 봐야 옳을 일이었다.

'하! 그런 감독과 선수들로 구성된 팀으로 우승을 다툰다고? FC바르셀로나 같은 팀과 맞붙어서 콜드게임으로 지지 않으면 다행이지.'

축구에 무슨 콜드게임이 있을 수 있겠는가마는 기자들이 그만큼 우습게 생각하고 있다는 의미였다.

'후후, 한 번 물어봐?'

스포츠 데일리 송재권 기자 역시 헤럴드나 브라운처럼 장난 반, 조롱 반으로 질문을 했다.

"스포츠 데일리의 송재권 기자입니다. 빠르면 6월경에 열리는 '온누리배 클럽 선수권 대회'에서 그 실력을 보게 될 것이라는 축구팀이 혹시 작년 5월경에 드래프트가 끝난 다음에 뽑았던 그 선수들로 이루어진 팀입니까?"

"예. 맞습니다. 적당한 비유가 될지 모르겠지만 불후의 스포츠 명작만화인 '공포의 외인구단'을 생각하시면 될 것입니다."

"그러면 그 팀의 훈련 장소는 무인도라는 것입니까?"

"하하하, 무인도는 아닙니다. 음성에 있는 훈련장에서 훈련하고 있는 중입니다."

본부장이라는 사람이 웃으며 얘기하자 기자들도 한동안 낄낄거린 다음에 질문을 했다.

"투데이 스포츠의 유성학 기자입니다. 축구대회를 개최하려면 한국축구협회나 피파와 충분한 협의를 거쳐야 하는데 '온누리배(盃) 국제축구대회'는 한국축구협회나 피파와 상의를 했습니까? 이런 질문을 드리는 이유는 어제 한국축구협회에 들어갔는데 그렇게 큰 대회인데도 아무런 언질도 받지 못해서 드리는 질문입니다."

"우리 그룹의 회장님께서 대통령님과 이미 말씀이 끝난 것으로 알고 있습니다. 그리고 대통령님께서 세계 각국의 정상들에게 협조를 구해서 그렇게 하겠다는 언질을 받았다고 들었습니다."

위대한 본부장의 말에 기자들은 하품이 나왔다.

'축구대회에 각국의 정상들이 나서? 설령 그럴 수 있다고 쳐. 그런다 해도 대한민국에서 요청한다고 세계 각국에서 협조를 할까? 또 백번 양보해서 그것도 그런다고 쳐. 그러면 피파에서 순순히 그렇게 하겠다고 할까?'

얼마 전에 피파 회장인 카벨 F 포르테가 축구와 정치는 별개라고 떠들었는데 과연 달가워할지도 의문이 아닐 수 없었다.

요는 '환' 그룹의 돈을 앞세워 엄청난 물량공세로 축구선수들을 흔드는 행동이 피파의 권위를 해칠 수 있다는 것도 짚고 넘어가야 할 대목이 아닐 수 없었다.

이벤트성으로 한 번 반짝 천문학적인 거액을 상금으로 푼다면 그것으로 끝이지만 매년 그렇게 쏟아부으면 돈 욕심에 '환'의 눈치를 보지 않을 수 없게 된다. 그걸 모를 피파가 아니었다.

아니, 분명히 알게 될 것이다. 그렇게 된다면 피파 집행부의 권위는 사라질지도 모를 일이었기 때문이다.

"매일신보의 정상익 기자입니다. 발표하신 상금 규모에 따르면 국가별 대항전과 클럽대항전을 합해서 해마다 4~5억 달러가 들어갈 텐데 그게 과연 지속적으로 이루어질 수 있겠습니까?"

"하하하, 정상익 기자께서는 온누리배 축구대회가 꼭 실패할 것처럼 말씀을 하시는군요. 하나의 대회에, 아! 국가별 대항전과 클럽대항전은 다른 시기에 치러질 테니 두 개의 대회가 되겠군요. 물론 두 개의 대회에 매년 4~5억 달러를 쏟아붓는다면 그걸 감당할 수 있는 기업은 없을 것이라고 단언할 수 있겠지요. 그래서 그렇게 보이는 것이 정상적이라는 걸 답하는 저도 잘 알고 있습니다. 그렇지만 그것은 어디까지나 보통 사람들과 보통 회사들에게나 해당되는 사항입니다. 정상익 기자님께서는 우리 누리 종합 리조트에서 주관하고 있는 '회춘일기' 프로그램과 '얼짱일기' 프로그램의 1년 매출이 얼마인지 아십니까? 50억 달러가 넘습니다. 그리고 우리 그룹 '환'은 그룹 차원에서 해마다 최소 30~40억 달러를 제3세계 국가들의 발전을 위해서 쓰고 있습니다. 그렇다면 답이 나오지 않겠습니까? '온누리배 축구대회'라는 브랜드 가치 창출에 해마다 4~5억 달러를 투자하겠다는 것이 우리 그룹의 의도이고 회장님의 의지이십니다."

"C일보의 김도술 기자입니다. 그룹 '환'의 최강권 회장님께서 '온누리배 축구대회'라는 브랜드 가치 창출에 그렇게 열을 올리시는 이유가 무엇입니까?"

"얼마 전에 우리 그룹의 계열 기업인 '환' 종합매니지먼트사가 누리 돔 구장의 활용할 방안에 대해 공모전을 열었다는 것을 잘 알고 계실 것입니다. 그 공모전에서 1등을 차지한 오건환 군의 응모에 대해서 우리 회장님께서 커다란 감명을 받았습니다. 그래서 오건환 군의 바람대로 우리 대한민국이 더 이상 차별을 받지 않는 기반을 조성하자는 게 우리 회장님의 의지이셨습니다. 그 일환으로 '온누리배 축구대회'라는 브랜드 가치를 창출시키는 것입니다. 그러니까 기자 여러분께 나누어 드린 '한 소년의 바람'이라는 유인물이 '온누리배 축구대회'의 모태인 셈입니다."

기자들은 위대한 본부장의 말에 유인물을 다시 훑어보느라고 부산을 떨었다. 그리고 질문이 이어졌다.

"M일보의 주세혁 기자입니다. 유인물에 따르면 피파 집행부에 대한 불만이 서려 있는 것 같습니다. 그렇다면 최강권 그룹 '환' 회장님께서 피파 집행부에 정면 도전을 하고 계시는 것입니까?"

"하하하, 정면 도전이라니요? 그건 우리 그룹 '환'의 최강권 회장님에 대한 엄청난 모독입니다. 기자님들께서 * '오프더레코드'를 약속하신다면 우리 회장님께서 의도하시는 바를 말씀드리겠습니다. 약속하실 수 있으시겠습니까?"

"예. 그렇게 하겠습니다."

기자들은 기다렸다는 듯 일제히 대답을 했다.

사실 오프더레코드의 약속이야 상황을 봐서 지켜도 되고 안 지켜도 되는 것이어서 약속에 기속되는 것이 아니었다.

이 기자회견장에 모인 백여 명이 넘는 내외신 기자들이 전부 다 오프더레코드의 약속을 지킬 것이라는 기대는 애당초 갖지도 않았다.

말하자면 반드시 퍼져 나갈 것을 예상하고 공표하고 있는 것이었다. 그룹 '환'이 노리는 것 역시 그것이었다.

"우리 그룹의 최강권 회장님께서는 피파 길들이기를 하시고 싶어 하십니다. 공모 당첨자인 오건환 어린이의 지적대로 그동안 우리나라 축구 대표 팀은 알게 모르게 외국 원정 경기에서 불이익을 당했습니다. 그러던 것을 오건환 어린이가 지적하자 우리 그룹 회장님께서 시정하시고 싶으셨던 것입니다. 아까 M일보의 주세혁 기자님께서 피파의 권위에 도전하느냐고 물으셨는데 우리 회장님께선 도전하는 것이 아니고 징계하신다는 것입니다. 특히 지금 피파 회장을 맡고 있는 카벨 F 포르테처럼 뒤가 구린 자 따위는 우리 회장님 입김 한 방이면 훅 가 버리는 수가 있습니다. 그런데 왜 그렇지 않으냐? 그것은 우리 회장님께서 인간이 불쌍해서 한 번의 기회를 주시려고 아량을 베푸시는 것입니다. 피파에서 '온누리배 축구대회'에 어떻게 대처하느냐를 보시고 우리 회장님께서 징계 수위를 결정하실 것입니다."

위대한 본부장의 말에 기자들은 어이없어 했다.

'이런 최빠 같으니라고. 피파 회장의 힘이 얼마나 센지나 알고 하는 소리야? 그런 피파 회장을 일개 그룹의 오너인 최강권이 뭐, 어쩐다고?'

기자들은 내심 이런 마음을 갖고 위대한 본부장을 가리켜 미친 자식이라고 쑥덕거리기 시작하였다.

사실 피파 회장의 힘은 어지간한 국가 원수보다도 더 강력하다고 할 수 있었다.

하지만 기자들은 최강권의 능력에 대해서 몰라도 너무 몰랐다.

최강권이 화를 내면 미국의 대통령이나 중국의 국가 주석도 겁낸다는 사실을 알지 못하고 있었던 것이다.

'보라매'가 중국의 항모전단을 풍비박산 내 버린 것이 일체 소문나지 않았으니 그저 그룹 '환'만 놓고 본 것이리라.

이런 위대한의 허풍을 같잖게 생각한 일본 산께이 신문의 요시다 기자가 물었다.

[산께이 신문의 요시다 기자입니다. 피파 카벨 F 포르테 회장이 당장 이 사실을 알면 대한민국 축구 대표 팀에 불이익을 주려고 벼를 텐데 아까 하신 발언을 철회할 생각은 없으십니까?]

"요시다 기자, 지금 그 생각은 기자 당신의 독단적인 생각입니까? 아니면 일본인이어서 그런 생각을 하는 것입니까? 일본에서는 오프더레코드의 약속을 받고 한 발언도 철회하고 그럽니까?"

위대한이 일본의 국민성까지 들먹이며 대답을 하자 요시다의 얼굴이 새빨개졌다. 그리고 붉으락푸르락하며 다시 물었다.

[위대한 본부장님, 오프더레코드의 약속이란 것이 반드시 지킬 필요가 없다는 것은 알고나 계시면서 하시는 말씀입니까? 막말로 내가 오프더레코드의 약속을 했다고

해도 내일 우리 산께이 신문에 실을 수 있고, 또 신문에 싣는다고 해서 법적으로 비난받지 않습니다. 위대한 본부장님께서 하신 발언에 대해서 철회할 생각이 없으시다면 내일 우리 산께이 신문의 지면에서 방금 하신 발언을 보실 수 있을 것입니다. 그래도 철회를 하지 않으시겠습니까?]

"법적 책임이 없다고 해서 도의적인 책임까지 없다고 할 수 없겠지요. 그건 기자의 양심에 맡길 부분입니다. 아울러 내 말을 절대로 철회할 생각이 없음을 밝히겠습니다."

이렇게 그룹 '환'과 피파의 집행부 간의 일대 파란을 예정하고 '온누리배 축구대회' 발표회견은 끝나게 되었다.

너무 파격적인 발표여서 그런지 정작 대회를 어떤 방식으로 치르느냐 등에 대해서는 묻지도 않았다.

물론 그룹 '환'에서 사전에 보도 자료를 배포해서 그랬을 가능성도 있었다.

보도 자료에 따르면 올해는 예선전이 없이 각국 리그에서 한두 개 팀을 초청하는 방식으로 클럽대항전을, 피파 15위까지 팀과 대한민국 대표 팀으로 국가대항전을 치르겠다고 했다.

그리고 다음 해부터는 클럽대항전과 국가대항전 공히 예선전을 치르고 클럽대항전은 6월 중순부터, 국가대항전은 9월 중순부터 대회를 치르겠다는 것이다.

* 오프더레코드

기록에 남기지 않는 비공식적인 발언이라는 뜻으로 언론에 어떤 정보를 제보하거나 또는 기자와 회견할 때 정보를 제공하는 측에서 정보를 제공하는 조건으로 거는 일종의 제약이다.

말하자면 정보를 주되 그 정보의 배경이나 상황의 이해를 위해 알려 주기는 하지만, 그 출처는 공표하지 말도록 조건을 붙이는 것, 또는 이러한 조건으로 제보하는 정보를 의미한다.

인터뷰 대상자가 오프더레코드를 요구하는 경우에는, 기자들은 그 발언을 공표하지 않겠다고 약속하거나 또는 취재권을 유보하기 위해 이를 거부하거나 양단간에 결정을 해야 한다.

물론 기자들은 오프더레코드에 기속될 필요는 없다.

오프더레코드는 발언자를 보호하면서도 가치를 높이는 방법으로 흔히 이용되지만 오히려 정보 조작에 이용되는 수도 있다.

오프더레코드는 원래 제공자와 기자 사이의 폐쇄적 공간에서 정보가 오고 갔을 경우를 상정했을 때만이 가능한 원칙이다.

그럼에도 불구하고 인터넷 토론 등 컴퓨터 통신상에서 오프더레코드를 전제로 한 발언이 버젓하게 신문지상에 실려서 종종 논란을 빚고 있는 경우가 있다.

제9장
파문을 일으키다(1)

축구 변방의 반란.

축구 변방에 속한 코리아의 일개 기업에서 각각 총상금 2억 달러가 걸린 두 개의 대회를 개최하겠다고 했다. 하나는 세계 클럽대항 대회이고, 다른 하나는 국가대항 대회다.

문제는 피파와 자국인 대한축구협회에 아무런 협의도 없이 일방적으로 결정했다는데 있다.

……중략…….

가관인 것은 대회 주최 측이 피파 집행부에 심한 적개심을 드러내며 피파 집행부를 징계하겠다고 했다는 것이다. 이것은 피파에 대한 명백한 도전이 아닐 수 없다.

아무튼 온갖 오물을 다 뒤집어써도 교묘히 웃으며 속을 드러내 보일 것 같지 않은 '철가면'의 사나이, 국제축구계의 태양왕인 카벨 F 포르테가 어떻게 대처할지 귀추가 주목된다.

로이터 통신 헤럴드 기자.

그룹 '환' 이번에는 축구계를 접수하려고 한다.

'미리내'와 '보라매'를 만들어 유명한 그룹 '환'의 자회사인 '환' 종합매니지먼트사가 두 개의 축구대회를 개최하겠다고 했다.

하나는 클럽대항이고, 다른 하나는 국가대항전인데 두 개의 대회는 각각 총상금이 2억 달러라고 한다.

······중략······.

문제는 두 대회의 실질적 주최자인 그룹 '환'의 회장 최강권 씨가 피파 집행부에 대해서 심한 적대감을 갖고 있다는 것이다. 심지어 대회를 개최하는 과정에서 피파 집행부가 협조하는 것을 봐서 그 징계 수위를 결정하겠다고까지 했다.

무관의 황제라는 최강권 씨와 피파 집행부와의 싸움의 승자가 누가 될지 자못 궁금하지 않을 수 없다.

그렇지만 어디까지나 신성한 스포츠의 장(場)인 축구계를 이전투구의 장으로 만들지 않았으면 하는 것이 본 기자의 바람이다.

뉴욕 타임즈 브라운 기자.

대한민국 그룹 '환'에서 세계 축구계를 점령하려는 야욕을 보이고 있다.

마사지와 진흙을 섞은 한약 처방으로 떼돈을 벌어들인 '환' 그룹이 이번에는 감히 피파 회장을 겨냥하고 되도 않은 도전을 하고 있다.

'환' 그룹 산하의 '환' 종합매니지먼트사가 수억 달러를 상금으로 내걸고 세계 축구인들의 환심을 사서 피파에 정면 도전을 하려 하고 있다. 이는 실로 신성한 스포츠계를 고리타분한 진흙 냄새나는 금력으로 좌지우지하려는 무모한 망동(妄動)이 아닐 수 없는 것이다.

······중략······.

따라서 세계 축구인들은 축구인들의 자존심을 걸고 그런 같잖은 망동에 정면으로 맞서야 할 것이다.

산께이 신문 요시다 기자.

영국과 미국 그리고 일본, 삼국의 세 개 매체들은 일제히 이런 외신을 타전했다. 그런데 이 삼국의 세 개 매체들의 기사는 상당히 대조가 되고 있었다.

영국의 로이터 통신이 비교적 방관자적인 논점을 가지고 기사를 썼으며, 미국의 뉴욕 타임즈는 강권의 영향력을 생각해서인지 상당한 우려를 나타냈다.

그런데 반해 일본의 산께이 신문은 감히, 망동이라는 표현을 써 가면서 원색적으로 비난했다.

우리나라의 신문사들은 이들보다 하루 늦게 기사를 내보냈는데 이 기사들 역시 세 매체의 반응을 반영하고 있었다.

대부분의 신문사들이 세 매체들의 반응이 이렇다는 정도의 기사들을 썼다.

그런데 J, G, D로 대변되는 보수 우익 신문들은 산께이 신문의 사설을 인용하면서 무모한 행동이라고 비난했다.

반면에 M, H로 대변되는 민족주의 계열의 신문사는 '환' 종합매니지먼트사가 거액의 상금을 걸고 축구대회를 여는 것에 대해서 자세하게 싣고 있었다.

아무튼 아직 열리지도 않은 '온누리배 축구대회'는 세

계의 이목을 끌면서 축구계를 뜨겁게 달구고 있었다.

　—이 사람 강권이, 자네 어떨 때 보면 너무 무모하단 말이야. 아니, 대체 어쩌자고 피파와 척을 지려고 그런 말을 하게 했는가?

　서원명 대통령은 식전 댓바람에 강권에게 잔소리를 했다. 분명 아침에 일어나자마자 신문을 읽고 전화를 건 것일 게다.

　그런 서원명 대통령의 잔소리에 강권은 농담조로 대꾸했다.

　"하하, 지금 그 말은 우리나라 축구계를 걱정해서 하는 소린가? 아니면 나를 걱정해서 하는 말인가?"

　—내가 자네 걱정을 왜 해? 걱정하려면 카벨 F 포르테와 피파 집행부를 걱정해야지. 나는 그게 아니라 꼭 그렇게 평지풍파를 일으킬 필요는 없다는 말일세. 순리대로 하나씩 차근차근 풀어 가면 오죽이나 좋은가 해서 하는 말이네.

　"하하하, 동양에는 '이이제이(以夷制夷)'란 말이 있고, 서양에는 '이에는 이로'란 말이 있네. 서로 다른 듯 보이지만 실제로는 다 같은 맥락의 말일세. 따져 보면 니가 한 것대로 되갚아 주겠다는 뜻을 내포한다는 말일세.

한마디로 말해서 막장까지 가겠다는 말이지. 카벨 F 포르테 그자가 쥐꼬리만큼이나 작은 권력을 휘둘러서 우리나라를 우롱한 것에 대해서 나 역시 내가 가진 힘으로 그자를 농락하겠다는 거야. 그게 뭐 잘못됐나?"

─휴우, 하긴 자네만을 탓할 것도 아닐세. 자네가 잘 알아서 하겠지만 섣불리 건드리지는 말게. 작정을 했으면 끝장을 보아야 하는 게 자네를 위해서나 우리 축구계를 위해서도 좋을 걸세. 나도 뒤에서 힘껏 자네를 지원하겠네.

강권의 말에 대꾸할 말이 궁색해진 서원명 대통령은 한숨을 쉬며 이렇게 말하고 말았다.

사실 서원명 대통령이 세계 각국의 정상들에게 큰소리를 칠 수 있는 힘의 원천이 강권에게서 나왔다는 것은 자신이 더 잘 알면서 말이다.

강권은 서원명 대통령의 말에 대수롭지 대꾸했다.

"하하하, 나야 자네가 돕는다면 일하기가 훨씬 수월하겠지. 일단 각국 정상들에게 그들 국가대표팀을 9월에 있을 '온누리배 국제축구대회'에 참가하도록 말해 주게. 내가 말해도 되지만 자네가 말하면 모양새가 더 나지 않겠는가. 그래서 하는 말일세. 그리고 가능하면 국가대표팀을 누리 돔으로 전지훈련을 하도록 압력을 넣어 주도록 하게."

—누리 돔으로? 이유는 뭔가?

"지금 우리나라 축구 실력은 세계 정상권과는 거리가
너무 멀어. 망신당하기 딱 좋은 정도지. 그래서 실력 좀
키워 주려고."

—자네가? 하긴 자네는 못하는 게 없으니······.

서원명 대통령은 강권의 사기적인 스펙을 생각하자 강
권의 지도로 우리 국가대표팀의 실력이 엄청 오를 것이라
고 예감했다.

그런데 강권의 말은 예상 밖이었다.

"내가 국가대표팀의 실력을 키워 주겠다는 말이 아니
야. 우리 그룹에서 키우고 있는 애들과 시합을 뛰다 보면
느끼는 게 있을 거야. 최소한 한 단계는 올라서리라고 장
담할 수 있어."

—자네가 축구선수를 키우고 있다고?

"대충 1년 정도는 됐을 거야."

—1년 정도 됐는데 국가대표팀의 실력을 한 단계 끌어
올릴 수 있단 말인가? 그럼 대단한 선수들을 스카우트
한 모양이지?

"아니, 아직 애들이야. 작년에 고등학교를 졸업한 열
아홉 살, 스무 살이 태반이지."

─뭐? 그런 애들과 시합을 하면 국가대표팀의 실력이 늘 거라고?

강권이 워낙에 돈이 많아서 세계적인 스타플레이어들을 스카우트한 거라고 짐작했던 서원명 대통령은 강권의 대꾸에 경악을 금치 못했다.

축구의 문외한인 그도 그런 선수들로 구성된 팀이 국가대표팀과 경기를 해야 말도 안 되게 지리란 것 정도는 알고 있었다. 그런데 저 자신 있는 태도는 또 무어란 말인가?

"하하하, 우리나라 축구 대표 팀은 다들 어느 정도 실력은 있어. 하지만 문제는 세계적인 선수들과 부딪히면 주눅이 들어서 영 제 실력을 발휘하지 못한다는 것이네. 그 문제를 해결할 방법은 그런 세계적인 선수들과 많이 뛰어 보고 그들도 인간이라는 것을 알아야 한다는 말인데. 그것이 월등한 기량을 갖춘 선수들과 직접 부딪혀 봐야 깨우칠 수 있는 것이거든."

─그러니까 자네가 고등학교를 졸업한 축구선수들을 1년 키웠는데 그 선수들이 우리 국가대표팀보다 실력이 월등하다는 말인가?

"아직은 아닐세. 하지만 국가대표팀과 서너 게임만 뛰면 국가대표팀을 이길 수 있는 실력들을 갖추게 될 거야."

─그게 도대체 무슨 말인가? 내가 축구를 몰라도 축구란 게 몇 게임을 뛴다고 실력이 왕창 늘지는 않을 거라는 것쯤은 알고 있다네. 자네가 워낙 도깨비 같은 친구라고 해도 이건 아니지 싶네.

"하하하, 스포츠라는 게 인간의 근육과 관절을 떠나서는 생각할 수 없다네. 그런데 근육과 관절이 제대로 바른 자리에 찾아가면 인간의 신경계 역시 제대로 된 구실을 하게 되지. 그 결과는 초인적인 힘을 발휘할 수 있게 만드네. 예나 지금이나 기초를 중요하게 생각하고 바른 자세를 강조하는 것은 바로 그 때문이네. 헐크라는 영화를 보았겠지? 그 영화처럼 인간이 자연의 순리를 따르면 인간은 놀라운 능력을 발휘할 수 있네. 자네에겐 뜬구름 잡는 식의 얘기가 되겠지만……. 간단히 예를 들면 인간이 개처럼 놀라운 후각, 치타처럼 놀라운 순발력, 곰처럼 폭발적인 힘을 가질 수 있다면 어떻게 되겠는가? 그런 자들이 축구를 하고, 경험이 쌓인다면 어떨 것 같은가?"

─그럼 자네가 키우고 있는 아이들이 그런 능력을 갖고 있다는 말인가?

"아직 그렇게까지는 되지 않았지만 보통 사람들보다 좀 더 높은 능력을 갖고 있는 것은 사실이라네. 흑인들의 탄력과 유연성, 백인들의 폭발적인 힘, 황인종의 지구력을 갖추고 있다고 보면 될 것이네. 중국의 장거리 육상 팀인 마군단의 놀라운 기록과 성적으로 인해 유명해진 *Cordyceps sinensis와 같이 인간의 신진대사를 향상시킬 수 있는 물질을 인체 내에서 스스로 만들 수 있다면 어떻겠는가?"

—에이! 이 사람 그럼 세상에 아플 사람은 하나도 없을 게 아닌가?

"하하, 자네는 믿지 못하겠지? 그런데 말이야. 자네는 죽어 가는 부모나 자식에게 약지를 물어뜯어서 피를 먹여서 살렸다는 옛날 얘기를 들은 적이 있겠지? 과연 왜 그런 결과를 가져왔을까? 옛날 얘기가 아니더라도 2차 대전 때 미국에서 사형수들을 상대로 재미있는 실험을 한적이 있다네. 사형수들에게 커다란 세퍼트에게 독극물을 주입하여 세퍼트가 발광을 하면서 죽어 가는 장면을 보여 주고 그 독극물로 만들었다는 약을 먹게 했지. 실상 사형수들에게 준 약은 아스피린이었는데 대부분의 사형수들이 세퍼트처럼 발광을 하면서 죽었다는 거야. 물론 믿거나 말거나지만 말이야."

서원명 대통령은 강권의 말이 너무 허무맹랑한 것 같아 더 이상 얘기하고 싶은 마음이 들지 않았다.

그런데 이어진 강권의 말에 어쩌면 그럴지도 모르겠다는 생각이 드는 것은 어인 일일까? 하지만 마지막 대목에서 역시나 하는 생각을 하지 않을 수 없었다.

'에이, 특별한 얘기는 아니잖아?'

서원명 대통령은 김샜다는 반응을 보였지만 강권의 흉중에는 그에게 하지 못한 얘기가 있었다는 것을 알지 못하였다.

'이 사람에게 사람이 바르게 호흡을 하면 호흡하는 것만으로 먹지도 않고 자지도 않고도 살아갈 수 있다고 말하면 나를 미친놈 취급하겠지? 그런데 그게 사실인 걸 누가 알까?'

강권이 배운 바로는 해동(海東) 도맥(道脈)의 비조라 불리는 **환인시대 이전의 광성자(廣成子)께서는 바른 호흡만으로 먹지도 않고 무려 삼천 년을 사셨다고 했다. 그리고 강권의 전생 기억에 따르면 당시 사람들이 훨씬 오래 그리고 건강하게 살았다는 것을 알고 있었다.

강권의 사문인 천살문은 환웅천왕께서 완성하신 태백진교의 방계에 해당하니 강권이 모를 리 없었다.

문제는 세 개의 천부인이 사라져 버림으로써 해동 도맥(道脈)이 끊겨 버렸다는 데 있었다.

강권이 이렇게 상념에 젖어 있자 통화가 계속될 리 없었다. 결국 서원명 대통령이 국가대표팀 감독과 선수를 청와대로 불러 누리 돔으로 전지훈련을 하도록 권유하겠다는 선에서 통화는 끝이 나고 말았다.

❖　❖　❖

"지웅아, 최강권, 이 사람 어떻게 된 거 아니야?"

"왜?"

"글쎄, 이 기사 좀 봐라. 해마다 거의 4억 달러가 넘는 상금을 걸고 축구대회를 개최하겠다는 거야. 그런데 가관인 것은 2006년 독일 월드컵에서 스위스와의 경기에서 심판들이 스위스에게 유리하게 편파 판정을 했다고 해서 피파 회장을 위시해서 현 피파 집행부를 징벌하겠다고 했다는 거야. 이게 도대체 말이 된다고 생각해?"

"그렇게만 된다면 우리로서야 좋을 수 있겠지만 그게 가능할까? 피파 회장의 입김은 어지간한 나라의 대통령보다 더 권위가 있다고 하는데 말이야."

이들의 얘기는 그나마 점잖은 축에 속했다.

축구선수 출신들은 무슨 큰일이나 벌어질 것처럼 대책

을 세우자고 난리를 피웠다.

　신문로에 자리하고 있는 대한축구협회에서는 향후 대책을 세우느라고 집행부가 모두 모이기로 했다.

　아직 이사회의 시간이 되지 않아서 주승연 대한 축구협회장은 미리 온 홍보이사 이강래와 속내를 얘기하고 있었다.

　"강래야, 아니 도대체 어떻게 된 인간이 그렇게 무식하게 일을 벌이나 벌이길?"

　"그러게 말입니다. 형님, 무식하기 짝이 없는 깡패 두목 아니랄까 봐 그러는 모양입니다."

　"휴우, 이 노릇을 어쩌면 좋단 말이오? 당장 며칠 후면 피파에서 열리는 세미나에 가야 하는데 카벨 F 포르테 회장님을 어떻게 뵌단 말이오?"

　"형님, 우리 축구인들이 뭉쳐서 우리는 그룹 '환'과 전혀 무관하다는 것을 천명하는 것은 어떻겠습니까?"

　주승연 대한축구협회장은 이강래 홍보이사의 말에 귀가 솔깃했지만 그걸로 끝날 일이 아니라고 생각했다.

　카벨 F 포르테의 소리장도(笑裏藏刀)를 경험한 적이 있는 주승연으로서는 앞으로 당할 불이익이 눈에 선했기 때문이다.

　사실 따지고 보면 그룹 '환'과 같은 생각을 가진 축구인들이 상당히 많았지만 피파 회장인 카벨 F 포르테를 어쩔 수 없었다. 온갖 오물을 다 뒤집어써도 교묘히 웃으며 속을 드러내 보일 것 같지 않은 '철가면'의 사나이를 어떻게 감당한다는 말인가?

1998년 이후 13년간 국제 축구 무대를 주무르면서 비밀주의와 피파 집행위 집중 비민주주의, 뇌물 추문 등 숱한 비난과 의혹을 받았지만 그의 지위는 전혀 동요됨이 없었다.

2010년 6월 1일 스위스 취리히 할렌스타디온에서 열린 제61차 피파 총회에서 91.6%의 지지로 4년 임기의 회장에 당선됐다는 것이 그것을 증명하고 있지 않은가?

2018년, 2022년 월드컵 개최지 선정과 관련해 각종 추문이 나돌고, 이번 회장 선거에 앞서서도 각종 비리 소문이 잇따라 터져 나왔다.

카벨 F 포르테 본인도 내부 감사 대상으로 거론되는 등 위기가 끊이지 않았지만 자기만 쏙 빠진 채 정적은 제거됐다는 것은 무엇을 의미하는가?

우리 나이 76살의 노령에도 자신 있는 매너와 연설로 청중을 압도하고, 냉혈적으로 정적을 제거해 나가는 모습에선 치밀한 전략가의 느낌마저 들지 않을 수 없는 것이다.

"휴우, 그 철가면 너구리를 어떻게 감당하려고 그렇게 무식하게 도발을 했더란 말인가?"

주승연은 2010년 피파 회장 선거에서 카벨 F 포르테가 반대파인 무하마드 빈 함미르 아시아축구연맹(AFC) 회장의 피파 회장 출마를 원천 봉쇄시키는 것을 직접 경험했다.

카타르가 2022년 월드컵을 유치해 영향력이 커진 함미르 AFC 회장은 카벨 F 포르테의 장기 집권을 저지할 유일한 '대항마'로 손꼽혔다.

그러나 함미르 AFC 회장이 회장 선거 유세 과정에서 북중미—카리브해 축구연맹 임원들에게 뇌물을 제공했다는 의혹을 받자 그의 출마권 자체를 봉쇄시켰다.

카벨 F 포르테 자신도 부정부패 혐의로 피파 윤리위원회 조사를 받았으나 무혐의 처분을 받고 함미르 AFC 회장의 자격을 일시적으로 정지시켜 피파 총회에 출석하지도 못하게 만들었다.

교묘한 것은 카벨 F 포르테가 자기 나이를 들먹이며 함미르 AFC 회장에게 '다음에 니가 회장해라.'는 막후 협상을 통해 함미르의 지지까지 이끌어 냈다는데 있었다.

그렇지 않고서는 208개 회원국 가운데 186표를 얻는

91.6%의 지지율은 생각할 수 없었기 때문이다.

이 생각, 저 생각으로 심란한 마음을 달래려는 주승연을 방해하는 전화가 걸려 왔다.

"회장님, 대통령님께서 직접 전화를 하셨는데 어떻게 할까요?"

"이 친구야, 어떻게 하긴 당장 연결해."

"예. 회장님, 1번 전화로 연결하겠습니다."

주승연 회장은 직감적으로 그룹 '환'의 일에 대한축구협회가 전적으로 협조하라는 전화일 거라는 생각을 했다.

그룹 '환'의 오너인 최강권이 서원명 대통령의 최측근이라는 얘기가 떠올랐기 때문이다.

"예. 대통령 각하, 전화 바꿨습니다."

—하하하, 주 회장님, 지금이 어느 시기인데 각하라니요. 그냥 대통령이라고 하시면 됩니다.

"하지만 어떻게……."

—하하, 주 회장님, 사실 대통령이라는 칭호 자체에는 존경의 뜻이 포함되어 있습니다. 그러니 아무런 잘못이 없습니다.

부드러운 대통령의 주문이었다.

그렇지만 70살이 다 된 주승연 회장은 서원명 대통령

의 말을 곧이곧대로 따를 만큼 순진하지가 못했다. 아니, 그만큼 세파에 시달렸다는 게 맞을지 모른다.

천지가 개벽하게 하라는 대통령 한마디면 천지를 개벽시켜야만 하는 무식한 시대를 겪어 왔던 주승연 회장이어서 이미 머릿속에 각인이 되었던 것이다.

"아닙니다. 대통령님, 저는 이게 더 편합니다."

―하하, 그러면 편하신 대로 하십시오. 제가 주 회장님께 전화를 드린 이유는 오늘 저녁에 스케줄이 없으면 저녁을 함께하고 싶어서입니다. 별다른 스케줄이 없으면 청와대로 오시지요. 함께 저녁을 하면서 할 얘기도 있고요.

"예. 대통령님 그렇게 하겠습니다. 그런데 대통령님, 몇 시까지 찾아뵈면 되겠습니까?"

―그러시면 제가 저녁 6시까지 차를 보내도록 하지요. 이사님들도 시간이 있으시면 함께 오시는 게 좋겠는데 그렇게 해 주시겠습니까?

"예. 예. 당연히 그래야지요. 그럼 저녁에 찾아뵙겠습니다."

대통령과 통화를 끝낸 주승연은 이강래에게 말했다.

"강래야, 아무래도 오늘 이사회는 열리지 못할 것 같다."

"그럴 수밖에 없겠지요. 여섯 시에 이사회를 하자고 했는데 청와대로 여섯시까지 오라고 하니 어쩔 수 있겠쑤? 그나저나 형님, 오늘 스케줄이 있다고 하지 그러셨소?"

"야! 야! 말도 마라. 민홍식 대한축구협회장이 박정희 대통령이 부르는데 급한 약속이 있어서 미루었다가 차지철이한테 엄청 혼났다는 것을 빤히 알고 있는데 어떻게 스케줄이 있다고 하냐? 자고로 권력자에게는 숙여 들어가야지 그렇지 않으면 만수무강에 지장이 있다고."

"형님, 그 시절이야 그랬지만 지금이야 어디 그럴 수 있겠소?"

"야! 어떤 면에서는 그때가 나을지도 몰라. 그때는 한번 엄청 깨지면 그뿐이지만 지금은 사소한 것 가지고 꼬투리 잡아서 법으로 아예 매장을 시켜 버리니 우리 같은 무식한 축구인들이 어떻게 감당하냐?"

사실 오늘 이사회 모임도 저녁에 모이기로 한 것은 이사회 핑계로 거나하게 한잔하려는 마음이 있었기 때문이다.

만약에 그런 사실이 알려지면 대한축구협회는 풍비박산이 날지도 모른다. 그걸 염두에 둔 주승연은 대통령의 말에 고분고분할 수밖에 없었던 것이다.

주승연과 이강래는 부랴부랴 이사회를 취소한다는 연락을 취하고 네 명의 부회장에게는 청와대로 갈 수 있는지 물었다.

청와대의 만찬에 초대받았다는 것은 어찌 보면 가문의 영광이어서 부회장들은 하나같이 오케이였다. 그렇게 해서 주승연과 이강래, 네 명의 부회장이 청와대로 가기로 했다.

종로구 세종로 1번지. 청와대 녹지원이 있는 곳이다.

청와대 녹지원은 원래 경복궁의 후원으로 농사를 장려하려는 의도에서 채소밭이 있었고, 과거를 보는 장소로도 이용되었다.

일제강점기 때에는 총독관저의 가축 사육 장소와 온실 등이 있던 곳이었는데 1968년에 잔디를 깔고 정원으로 조성했다.

이곳에는 수령 310년, 높이 16m의 한국산 반송(盤松)이 있어, 녹지원이라 명명했다고 한다.

이 녹지원에 바비큐 그릴이 놓여 있고 커다란 철제 탁

자 위에는 200kg은 되어 보이는 신선한 참다랑어가 있었다.

물론 이 참다랑어는 강권이 하와이 인근에서 잡자마자 아공간에 보관하고 있던 것이었다.

"강권이, 자네는 정말 말릴 수 없군. 이렇게 신선한 참다랑어는 어떻게 구했나?"

"하하, 어떻게 구하긴? 잡았지. 원래 이무영 대통령에게 선물을 한다고 했는데 이무영 대통령 대신에 자네에게 가게 됐네 그려."

"그러면 이무영 대통령에게 주지 왜 이리 가져왔는가?"

"세상의 모든 물건에는 다 제 주인이 있게 마련인 모양일세. 하하하, 농담이고. 이 무영 대통령에게 가져다줄 것은 또 있다네. 염려하지 말고 먹게."

이무영 대통령에게 참다랑어를 준다, 준다하면서 그동안 이상하게 다른 일에 신경 쓰느라고 강권은 잊어버렸다.

그랬는데 서원명 대통령이 대한축구협회장과 부회장단과 만찬을 한다고 하자 문득 떠올라 가져왔다.

그렇다고 그들에게 뇌물을 먹이자는 것은 아니었다.

겸사겸사 그들의 얼굴도 봐 둘 겸해서 참다랑어와 '강

권표 와인' 도 한 통 가지고 왔다. 그리고 '거여결의' 를 맺은 최창하 등을 불렀다.

서원명 대통령이 축구협회장 등을 불러 협조를 당부하려고 했던 것과는 전혀 다른 의미였다.

그런데 서원명 대통령은 그렇게 받아들인 것 같았다.

"대통령님, 주승연 축구협회장과 부회장단이 도착했다고 합니다. 이리로 데려오도록 조치를 취했습니다."

"아! 오승록 비서실장, 어서 모시도록 하게. 그리고 오실장도 오늘은 업무를 잊고 함께 어울리도록 하자고."

"아! 아닙니다. 대통령님, 저는 항상 대기해야 합니다."

"하하하, 오 실장, 그러면 자네 후회할 텐데. 후회하지 않을 자신이 있나?"

오승록은 술도 좋아하고 회도 즐겨서 신선한 참치를 보고 입에 가득 군침이 고이던 참이었다.

오승록도 나름 좋다는 곳에 다녀 봤지만 이렇게 신선한 참치를 보기는 처음이었다. 참치를 잡는 어선이 아니고 어디서 이런 신선한 참치를 볼 수 있단 말인가?

'저 최강권이라는 양반은 겪으면 겪을수록 더욱 불가사의하게 여겨진다는 말이야. 이런 참치를 어떻게 구할수 있지?'

오승록은 대통령에게 다시 대기해야 한다고 말하려다 강권이 와인 통을 개봉하는 것을 보고는 결심을 바꾸어야 했다.

냄새가 너무 좋았기 때문이다.

"하하하, 오 실장. 자네 이 와인이 얼마나 비싼 것인지 알고 있는가?"

"이렇게 좋은 와인이면 상당히 비싸겠지요."

"하하, 자네 알고나 먹게. 나도 미국 버라마 대통령에게 부탁받아서 아는데 이 와인 한 바리끄에 2,000만 달러로 살 테니 연결 좀 시켜달라고 하더란 말일세. 자네 상상이 가나? 이 한 통의 와인이 우리 돈으로 무려 225억이 넘는다는 사실을 말이야."

"예? 이 한 통의 와인이 무려 225억이 넘는다고요?"

오승록 비서실장이 너무 놀란 나머지 목소리가 엄청 커졌다.

공교롭게도 주승연 대한축구협회장 등이 오다 이것을 듣게 되었다. 예전이야 대기업 회장들이 인기 종목인 축구의 협회장을 맡았지만 지금은 전부 축구선수 출신으로 구성되어 있다.

따라서 많아야 수십 억 정도의 재산을 갖고 있을 뿐이었다.

그러니 술 한 통 값으로 225억이란 것이 도무지 상상이 가지 않았다.

'젠장, 좋은 와인이 비싸다는 것은 알고 있지만 아무리 그렇더라도 술에 불과할 텐데 무슨 놈의 술이 그렇게 비싸? 아무튼 가진 놈들이란……'

주승연 대한축구협회장 등은 가뜩이나 지금 있는 곳이 청와대라는 것에 잔뜩 주눅이 든 상태여서 완전 코가 석 자나 빠질 수밖에 없었다.

강권은 그런 그들을 보면서 내심 빙그레 웃고 있었다. 그런데 딱 한 사람만은 전혀 기죽지 않은 것처럼 보였다.

'하! 저 친구 인물인데? 관상도 좋고, 몸의 기운도 충일해서 사악한 인물이 아닌 것 같다는 게 더 좋구먼.'

강권은 이번에 카벨 F 포르테가 하는 걸 봐서 그를 몰아낼지 아니면 그의 임기가 끝나는 2년을 참을지 결정을 하려고 하는 중이었다.

어차피 그의 임기는 2015년에 끝나고 나이도 있으니 더 이상의 연임은 불가능할 것이다. 그 다음 피파 회장은 우리나라 사람으로 만들고 싶었는데 이 사람이면 적임자일 것 같은 기분이 들었던 것이다.

'이 친구에 대해서 좀 알아보고 괜찮으면 피파 회장으

로 밀어야겠군.'

카벨 F 포르테가 함미르와의 막후협상을 통해서 다음
대 피파 회장으로 밀고 있다고는 하지만 강권은 아랍 사
람들이 설치는 꼴을 좌시하지 않을 작정이었다.

아랍 사람들은 염치라고는 모르는 자들이어서 비겁한
수단을 동원해서도 이기면 그걸로 장땡으로 여기는 자들
이기 때문이었다.

최근에 무하마드 빈 함미르가 징계를 받아 자격이 정
지되어 있는 상황인데도 카타르의 알 사드 클럽이 비겁한
수를 동원해서 아시아 챔피언스 리그에서 우승한 예가 있
지 않았는가.

그런데 만약에 그런 자가 피파 회장이라도 되는 날에
는 축구대회에 아랍권 나라들이 끼게 된다면 오심으로 얼
룩질 것이 아니겠는가.

와인이 한 순배 돌아가자 강권은 자기 의중을 대통령
에게 넌지시 말했다.

"이봐, 강권이 자네가 저 사람, 그러니까 김정호 부회
장을 차기 피파 회장으로 밀겠다는 말인가?"

"그렇다네. 김정호? 이름도 괜찮군. 관상도 좋고, 그
리 사악한 인간 같지는 않아 보이네. 그러니까 자네가 슬
쩍 사주를 물어보라는 말이네."

"흐음, 우리나라 사람이 피파 회장이 된다면 좋겠지. 알겠네. 내가 물어보도록 하지."

서원명 대통령은 오승록 비서실장을 불러 강권이 지적한 김정호 부회장에 대해서 알아오도록 지시했다. 그러고는 김정호에게 다가가 슬쩍 떠보기 시작했다.

"김정호 부회장님, 부회장님은 상이 너무 좋아서 그냥 우리나라 축구협회 부회장으로 끝날 것 같지 않군요?"

"예에? 아! 대통령님 감사합니다."

김정호는 서원명 대통령으로부터 뜻밖의 말을 듣고는 얼떨결에 대통령이 묻는 대로 미주알고주알 답을 하고 있었다.

강권은 김정호의 사주를 듣자 두령격을 갖고 있어서 한 자리의 장을 차지할 운세를 타고 났고 또한 지금 한창 운이 호운으로 흘러가고 있었다. 81학번이어서 나이도 서원명 대통령과 같은데다 앞으로 30년 대운이 들어서니 강권이 민다면 앞으로 30년 동안은 피파 회장도 가능할 운세였다.

서원명 대통령은 강권의 말에 따라 세계 각국의 정상들이 '온누리 국제 축구대회'에 꼭 참석하겠다는 약속을 했다고 말했다.

최강권과 김정호의 만남은 이렇게 대한민국이 세계 축구계의 중심국으로 우뚝 서게 되는 계기가 되고 있었다.

*Cordyceps sinensis:동충하초의 학명(學名)

;동충하초는 알프스 늪지대나 티벳고원 등 3,000미터 이상의 서늘한 초원에서 자라고 누에가 아닌 나방, 박쥐나방의 유충에서 기생하며 자란다.

동충하초의 자실체는 여름에 땅위로 나타나는데 둥그런 머리를 가지며 짙은 흑갈색 잎(약 3센티에서 6센티의 길이에 0.4~0.7센티의 두께를 가짐)을 갖고 있다.

동충하초가 유명해진 것은 90년대 중반 중국의 장거리 육상선수들이 건강보조제로 복용해서 뛰어난 성과를 얻은 데서 기인한다.

동충하초의 효과, 효능

1, 면역 보강 작용.

2, 성에너지와 성기능을 증강시켜 발기부전 및 남성과 여성의 성욕 감퇴에 효과.

3, 산소 소비 활동을 효율적으로 만들어 피로 회복의 효과와 신체적 및 정신 활동 향상시킴.

4, 간 보호와 손상된 간의 회복

5, 고혈장 콜레스테롤 및 중성지방(triglycerides)의 해소.

6, 신장 보호 및 신장 기능 향상

7, 기타 항암작용, 혈압 조절작용, 기관지 확장작용 등이 있다.

**환인시대(桓因時代)

환인시대(桓因時代)는 환인(桓因)이 환국(桓國)을 세운 이후에 7대(七代)에 걸쳐 3,301년 동안 존속하였다고 한다. 7대의 환인시대가 천부삼인을 계수하면서 팔려(八餘)의 음에서 발전한 팔풍(八風)을 기초로 하여 완성된 풍류(風流)를 숭상하는 덕교(德敎)를 출현시켰다.

환인시대가 끝나고 환웅시대로 들어서서, 환웅시대도 환국시대의 천부삼인을 계수하였다. 신시역대기(神市歷代記)에서 배달나라를 18대의 천왕이 1,565년 동안 통치하였다고 하였다.

환웅천왕은 천웅의 도(道)를 확립하였다. 천웅의 도는 환웅천왕 때 완성한 태백진교(太白眞敎)를 의미하였다.

환국과 배달나라에 제국통치의 정당성을 부여해 준 것이 천부삼인의 계수였다. 거울에 천부를 새긴 것이 천부삼인이다.

태백진교에 대하여 태백일사(太白逸史) '소도경전본훈(蘇塗經典本訓)'에 다음과 같이 기록되어 있다.

"태백진교는 천부(天符)에 근원을 두고, 지구가 자전하는 이치에 합치하도록 하고, 또 사람이 하는 일에 맞도록 하였다. 여기에 있어서 정치를 함은 화백에 우선하는 것이 없고, 덕을 다스림에 있어 화를 꾸짖는 것보다 착한 것이 없다. 세상에 있으면서 이치대로 해 나가는 것은 모두 천부에 준하였다."

이것이 환웅천왕 때 확립된 재세이화(在世理化)의 도이다.

*나라 이름을 가리킬 때는 환(桓)을 한으로 읽는다는 말이 있지만 여기서는 편의상 환으로 읽습니다.

제10장
파문을 일으키다(2)

세계 각국은 온통 축구로 몸살을 앓고 있었다.

강권이 의도적으로 '온누리 국제축구대회' 라는 파도를 일으킨 결과였다.

서원명 대통령의 압력(?)을 받은 각국 정상들은 다시 자국의 축구협회에 압력을 넣어 '온누리 국제축구대회'에 참가할 것을 주문했다.

각국 축구협회에서도 '온누리 국제축구대회' 걸린 엄청난 상금에 혹해 있어서 참가하는 쪽으로 가닥을 잡아갔지만 문제는 클럽의 반발이었다.

"매년 9월 중순에 시작해서 10월 중순까지 무려 한 달씩이나 한다는 그 대회 일정이 너무 깁니다. 새로운 축구 시즌이 시작하는 단계인 9월에 한 달이나 선수들을 차출해 가면 리그를 어떻게 운영하란 말입니까? 말로는 한 달 차출이지만 컨디션 조절 등을 따져 볼 때 실상은 두 달로 봐야 합니다. 매년 두 달 동안이나 스타플레이어들이 뛰지 않는다면 팬들이 와서 경기를 보려고 하겠습니까? 모르긴 몰라도 줄줄이 도산하는 클럽들이 속출하게 될 것입니다."

각국의 축구협회가 우려하는 것도 바로 그 점이었다.

스타플레이어들이 많은 유럽과 남미 국가들이 대부분 8강 이상에 올라갈 텐데 경기의 질을 위해서 경기를 1주에 한 차례씩 치른다는 것은 클럽에는 엄청 악재가 아닐 수 없었다.

대회가 열리는 장소는 대한민국의 관문인 인천공항에서 다시 최소한 대여섯 시간을 더 가야 하기 때문이었다.

선수들이 한 경기 치르고 다시 클럽에 복귀하자니 이동만 만 하루 이상을 잡아야 한다. 어디 그뿐인가? 비행기에서 12시간 이상 있으면 컨디션 조절에만 다시 하루 이상이 걸린다고 봐야 한다. 그럼 오고 가는데 최소한 4일을 소모해야 한다.

그렇다고 음식이나 생활 풍토가 전혀 다른 곳에 그냥 눌러 있기도 애매했다.

이런 형편이니 월드컵처럼 휴식기가 되어 있으면 상관이 없는데 그럴 수 없다는 게 문제였다.

게다가 카벨 F 포르테의 눈치를 보지 않을 수도 없었다.

어떤 나라나 클럽이든 피파 회장이 작정하고 까려 한다면 까임을 당하지 않을 수 없는 게 현실이었기 때문이다.

이처럼 모난 돌이 되어 카벨 F 포르테라는 정에 맞고 싶지 않다는 것이 각국의 축구협회와 클럽의 속내였다.

그렇지만 클럽들 역시 우승 상금이 매년 1억 달러라면 엄청 구미가 당기는 조건이어서 반대는 해도 결사반대는 아니었다.

따라서 몇 가지 조건만 개선된다면 클럽대항전이든 국가대항전이든 굳이 반대할 이유도 없었던 것이다.

"관건은 카벨 F 포르테가 어떻게 하느냐란 거겠지."

이것이 각국 정상들과 축구협회에서 내란 결론이었다.

미쉐린 칼레이 스위스 연방 대통령은 세계 10개 강국에 속하는 나라들의 은근한 압력을 받았다.

'젠장, 우리가 어쨌기에 다들 우리나라를 두고 이런다지?'

그녀는 그 이유가 정말로 궁금했다.

사실 그동안 스위스는 중립국이란 이유로 온갖 특혜를 거머쥐다시피 했다는 것은 있었다.

우선 스위스의 은행은 비밀 엄수로 유명했고 스위스 프랑은 안정된 통화로 인정받아 외국 자본의 피난처로 이용되었으며 그 결과 세계 금융과 은행업의 중심지가 되었다.

중립국이라는 특성 때문에 받은 또 하나의 특혜 아닌 특혜는 국제회담이 많이 열렸다는 것이었다.

그 영향으로 스위스에는 10여 개에 달하는 국제 기구들이 있었다.

로잔에 올림픽본부, 제네바에 유엔의 유럽본부, 난민고등판무관사무소, 국제아동기금, 경제위원회, 유엔 무역개발회의 등이 그것들이다.

이처럼 10여 개의 국제 기구 유치는 스위스에 상당한 도움이 되고 있는 것이 사실이었다.

하지만 이와 반대의 경우로 국제사회에서 왕따를 당하게 되면 스위스는 고전을 면치 못할 수도 있었다.

우선 스위스는 지하자원이 부족하여 원자재를 수입, 가공하여 수출하는 경제 구조이므로 외국의 경기 변동에 큰 영향을 받는다.

외국에 의존도가 큰데 외국에서 합심해서 견제에 들어가면 스위스로서는 견딜 수 없게 된다.

완전한 EU회원이 되기 위해서는 EEA(유럽 경제지역)에 들어야만 했으나 국민들이 EEA가입을 반대하여 EU회원이 보류된 상태다. 이 말은 곧 EU가 힘을 합해서 스위스를 배제시킬 수도 있다는 말이었다.

거기에 독일계인 미쉐린 칼레이 스위스 연방 대통령은 친하게 지내는 독일 연방 대통령에게 귀띔을 받은 것이 있었다.

카벨 F 포르테 피파 회장이 미국도 두려워하는 세계의 막후 실력자에게 노여움을 샀기 때문에 정말로 스위스가 세계 각국으로부터 왕따를 당할지 모른다는 게 그것이었다.

'미국도 두려워하는 인물이라고? 그런데 내가 왜 그렇게 중요한 사람이 있다는 것을 몰랐지?'

미쉐린은 의아한 생각이 들었다.

그 중요한 인물이 국제 사회에 등장한 게 몇 개월에 불과했고 강대국들이 체면 때문에 쉬쉬했으니 그녀가 모르는 것이 당연했다. 그렇지만 만약에 그 말이 사실이라면 스위스는 난리가 난 것이 아닐 수 없었다.

미쉐린은 스위스의 수장으로서 나름 책임감을 느껴져

크리스티안 독일 대통령에게 좀 더 자세하게 말해 줄 것을 간청했다.

한참 망설이던 크리스티안의 입을 통해서 나온 말들은 그녀의 간담을 서늘하게 만드는 것들이었다.

[작년 10월에 노퍽에서 세계 10개국 정상들이 만나서 회담을 한 것은 알고 계실 것입니다. 당시에 미국은 중순양함 볼티모어호를 폐기시킬 계획에 있었지요. ……중략……. 약 8,000km 밖에서 길이 200m의 배수량 2만t급의 넘는 중순양함이 순식간에 가루가 되어 버렸습니다. 그런데 어떻게 미국이 거들먹거릴 수 있겠습니까? 그뿐인 줄 아십니까? 불과 며칠 전에 항공모함 1척과 항공모함을 호위하는 두 척의 순양함, 네 척의 구축함, 세 척의 잠수함으로 이루어진 중국의 항모전단이 코리아 남부 해안에서 신비스럽게 실종이 되었습니다. 알고 보니 그것이 코리아에서 자국의 배타적 경제수역을 침범했다고 전멸시켜 버린 것이었습니다. 그런데 외신에서는 불법 외국 어선 단속 활동을 벌이고 있던 코리아의 경비함정이 불법 조업 중이던 중국 어선에서 쏜 바주카포에 맞고 침몰되었다고만 알려졌지요. 10억 유로가 넘으면 넘었지 그 이하는 아닌 항모전단을 잃은 중국이 코리아에 어떻게 했는지 아십니까? 중국인의 불법 행위로 인해서 침몰한

경비함정에 대한 손해배상비조로 대략 3,000만 유로를 지불했다는 것입니다. 그런 일의 배후에 있는 코리언이 귀국의 카벨 F 포르테 피파 회장을 노리고 있습니다. 비록 스위스가 영세중립국이라고는 그렇지만 영세중립국의 효용 가치는 두 개의 적대 행위 세력이 대립해 있을 때 일이지 이와 같은 상황에서는 아무런 의미도 없습니다. 또 하나 짚고 넘어가야 할 대목은 귀국의 카벨 F 포르테가 피파 회장을 하면서 온갖 비리와 추문에 휩싸여 있는 인물이라는 것입니다. 그런 인물을 감싸려다가는 스위스는 가나나 수단과 같은 못 사는 나라가 되어 버릴지도 모른다는 생각은 해 보시지 않으셨습니까?]

미쉘린은 즉시 연줄을 동원해서 크리스티안 독일 연방 대통령의 말에 대한 진위를 알아보았다.

그리고 가까스로 알아낸 것은 크리스티안 독일 연방 대통령의 말이 조금도 과장하지 않았다는 것이었다.

미쉘린은 즉시 스위스 연방 대통령의 자격으로 국가 비상회의를 소집하여 자신이 수집한 정보에 대한 대책을 논의했다.

미쉘린이 비록 연방 대통령이기는 하지만 스위스를 실질적으로 다스리고 있는 사람들은 7인의 연방평의회에서 갖고 있기 때문이었다.

결론은 하나밖에 없었다. 카벨 F 포르테 피파 회장을 내치던지 아니면 누가 최강권이란 고양이의 목에 방울을 달 것인가 하는 것이었다.

결국 미쉐린이 연방 대통령의 자격으로 카벨 F 포르테 피파 회장에게 면담을 요청했다.

[미즈 프레지던트. 저를 무슨 일로 보자고 하셨는지요?]

[포르테 회장님, 저는 그동안 귀하께서 우리 스위스 사람이라는 사실을 늘 자랑스럽게 생각해 왔습니다. 그런데 이번에는 귀하 때문에 우리 스위스가 몰락의 길로 갈 수 있다는 사실을 알게 되었습니다. 제가 어떻게 하면 좋겠습니까?]

[미즈 프레지던트 그게 무슨 말씀이신지?]

'철가면의 사나이', '세계 축구계의 태양왕', '스포츠 정치 9단' 이라는 각종 수식어가 따르는 노련한 인물답게 카벨 F 포르테는 태연하게 그 연유를 물었다.

그런 포르테를 바라보는 미쉐린의 얼굴에 연민의 빛이 어려 있었다.

한때 이 오만하고 도도한 사나이를 마음에 담았던 적도 있었지만 조국을 위해서는 그저 마음에 묻을 수밖에 없기 때문이었다.

[존경하는 포르테 회장님, 어쩌자고 미국도 두려워하고 중국도 벌벌 떠는 세계의 막후 실력자에게 노여움을 안기셨습니까?]

순간 카벨 F 포르테는 뇌리에 떠오르는 게 있었다.

[예. 그럼 이 모든 사단이…….]

[그렇습니다. 그의 노여움을 풀기 위해서는 어쩔 수 없이 존경하는 회장님을 구속시킬 수밖에 없습니다. 그나마 그가 한 말이 있어서 대안이 있기는 한데 그것이 회장님께는 좀 송구한 일입니다. 그렇게라도 하시겠습니까?]

[알겠습니다. 동양 속담에 결자해지(結者解之)란 것이 있습니다. 나 때문에 벌어진 일이라면 내가 나서서 해결해야겠지요.]

카벨 F 포르테는 미쉐린 연방 대통령과 만나고 난 다음 기자회견을 자청해서 항간에 떠돌고 있는 사실을 확인하려고 사우스 코리아로 간다고 했다.

그의 이런 발언은 엄청난 반향을 불러일으키는 것이어서 취리히 허브(hub)공항은 그야말로 기자들로 북새통을 이루었다.

[르몽드의 파울 핸더슨 기자입니다. 카벨 F 포르테 회장님, 회장님께서 사우스 코리아에 가시는 이유가 무엇입니까?]

[사우스 코리아에서 세계 축구 발전을 위해서 해마다 5억 달러에 달하는 엄청난 투자를 한다고 했기 때문에 피파를 맡고 있는 사람으로서 당연히 가 봐야 한다는 생각이 들었습니다.]

[피가로의 쟝쟈크 기자입니다. 항간에 투자하려는 그룹 '환'의 CEO인 최강권 회장과의 불화설이 있는데 거기에 대해서는 어떻게 생각하고 계십니까?]

[나는 이제 70대 중반인 축구인이고 그분은 이제 20대의 사업가인 것으로 알고 있습니다. 서로 활동하는 무대가 다르고 게다가 나는 그분과 일면식도 없기 때문에 직접적인 불화가 있을 까닭이 없지요. 설혹 그분께서 나에게 노여움을 가지고 계시더라도 직접적인 위해를 가하지는 않았기 때문에 서로 대화로 풀 수 있으리라고 생각합니다.]

[그렇다면 사우스 코리아에 가는 주된 이유가 그룹 '환'의 CEO인 최강권 회장을 만나는 것이라고 봐도 되겠습니까?]

[그렇게 생각하면 그렇다고 봐야겠지요.]

이 기자회견은 카벨 F 포르테 회장의 노련하고 세련된 언론 플레이를 보여 주는 것이었다.

카벨 F 포르테 회장은 강권이 무엇 때문에 자신에게 화가 나 있다는 것을 알고 화해의 제스처라는 선물을 준비한 것이었다.

사실 기자회견은 그의 영향력 아래 있는 그럴듯한 기자들과 짠 것이었다. 물론 이 기자회견은 최강권과의 대화(?)에 원군 역할을 하게 될 것이다.

이처럼 사전에 기획된 기자회견이 끝나자 카벨 F 포르테 회장은 사우스 코리아행 비행기에 올랐다.

이제 10시간 정도가 지나면 자신의 목줄을 쥐고 있는 젊은 호랑이를 만나게 될 것이다.

70이 넘는 세월 동안 수많은 고난을 겪어 온 승부사였기에 카벨 F 포르테 회장은 이번의 서울행이야말로 자기 일생에서 가장 중요한 고비라는 걸 직감할 수 있었다.

'휴우, 이제 남은 것은 명예롭게 은퇴하느냐? 아니면 추악한 얼굴로 역사에서 퇴장 하느냐? 둘 중 하나로군.'

카벨 F 포르테는 눈을 붙이려 했지만 서울로 가는 10시간 내내 자신을 기다리고 있을 운명의 궁금증에 한숨을 자지 못했다.

❖　❖　❖

"대통령님, 카벨 F 포르테 피파 회장이 최강권 회장님을 만나려고 서울로 오고 있다고 합니다."

"그래요? 그런데 표정이 밝은 것을 보니 나쁜 것 같지는 않은 모양이로군요."

"예. 대통령님, 인터넷에 올라온 바로는 그렇게 도도한 카벨 F 포르테 피파 회장이 최강권 회장님이 두려워 꼬리를 말고 있는 것처럼 보이기 때문입니다."

"하하하, 정말 다행이로군요."

강권은 김정호와 이런저런 얘기를 하다가 비서실 직원이 대통령에게 보고를 하는 내용을 듣고는 미소를 지었다.

'하하, 정말이지 카벨 F 포르테라는 사람은 난세의 효웅이라고 할 수 있겠군. 세의 불리를 깨닫고 선수를 치다니. 나라도 감히 호랑이 굴에 들어가려면 상당히 망설일텐데 그렇게나 빨리 결정을 하고 선뜻 행동에 옮기다니. 정말 흥미로운 인물이로군.'

강권은 김정호가 자신의 얼굴을 보며 의아스러운 표정을 짓자 빙그레 미소를 지으며 말했다.

"김정호 부회장님, 아까 대통령께서 차기 피파 회장감

이라는 말씀을 하셨을 때 기분이 어떠셨습니까?"

"저 같은 것이 감히 어떻게 생각하고 말고 할 게 있겠습니까? 대통령님께서 저 같은 것을 그렇게 높게 평가해 주시니 그저 감사하고 감격할 따름인 거지요."

"세간에 나를 가리켜 '킹메이커'라고 하더군요. 실은 대통령께 그렇게 말하라고 한 사람이 바로 나입니다. 내가 정암이 저 친구를 대통령으로 만들었듯 김정호 부회장님을 차기 피파 회장으로 만들려고 하는데 어떻게 생각하십니까?"

"예에? 회장님께서 저를 차기 피파 회장으로 만들어 주시겠다고요?"

김정호가 강권의 말에 깜짝 놀라 버럭 소리를 질렀지만 이상한 것은 김정호의 경악성에도 불구하고 누구 하나 이쪽을 쳐다보는 사람이 없다는 것이었다. 강권이 사전에 이곳의 소리를 차단했기 때문이었다.

강권은 놀라서 눈을 동그랗게 뜨고 있는 김정호에게 더 놀라운 말을 했다.

"내일 카벨 F 포르테 피파 회장이 무조건 항복을 하려고 서울에 온다고 합니다. 나는 그에게 용서하는 조건의 하나로 김정호 씨를 그의 후계자로 키우라고 요구하겠습니다. 그는 그 조건을 받아들이지 않을 수 없을 것입니다. 그렇다고 볼 때 그가 남은 임기는 이제 2년 남짓 남았습니다. 그 안에 김정호 씨는 그에게 많은 것을 배워야 할 것입니다. 어떻게 자신이 있습니까?"

"……."

김정호는 전혀 뜻밖의 말에 얼이 빠져서 강권이 묻는 말에 미처 답을 하지 못하고 있었다.

그런 김정호를 강권은 아무 말도 하지 않고 그저 물끄러미 쳐다만 보고 있었다. 그것은 마치 너의 그릇이 얼마나 되는지 보자는 속셈인 것 같아 보였다.

그걸 알 리 없겠지만 김정호는 의외로 빨리 평정을 찾았다.

"지금 하신 말씀이 사실이라면 최선을 다해 볼 작정입니다. 사실 축구인의 한 사람으로 힘이 없는 우리나라 축구 현실이 너무나도 서글펐습니다. 만약 회장님께서 저를 피파 회장으로 만들어 주신다면 우리나라 축구계를 위해서, 그리고 회장님을 위해서 저의 모든 것을 바치겠습니다."

"하하, 나를 위해서 모든 것을 바치려면 지금 김정호 씨가 갖고 있는 실력으로서는 방해만 될 뿐입니다. 진정으로 나를 위해서 모든 것을 바칠 생각이라면 최소한 한 달 정도는 죽었다고 복창해야 될 겁니다. 어때요? 김정호 씨, 그럴 각오가 되어 있습니까?"

"예에?"

강권은 김정호가 놀라서 되묻는 말에는 일언반구도 없이 강석천을 불렀다. 강권의 호출에 강석천은 와인을 홀짝이다 말고 총알처럼 뛰어온다.

그걸 목격한 김정호는 강권의 얼굴을 새삼 다시 볼 수밖에 없었다.

'뭐야? 이 사람?'

"부르셨습니까? 태상님."

"장문인, 이 사람을 우리 천살문의 문도로 받아들이려 하는데 어떻게 생각하시는가?"

"태상님, 모든 게 태상님의 뜻대로 이루어지는 것이 우리 천살문의 제일 계율입니다. 여부가 있겠습니까?"

김정호는 자신이 지금 중원 무림에 와 있는 것으로 착각하게 만드는 두 사람의 수작에 도무지 정신이 없었다.

'도대체 이게 어떻게 돌아가는 것이야? 잘해야 이제 스물서넛밖에 먹어 보이지 않은 사람에게 50대에 접어드는 대통령이 친구를 먹고, 얼핏 40대는 되어 보이는 사람이 굽실거리다니…….'

김정호가 잘못 알고 있는 것은 강석천이 그보다 나이가 적지 않고 그와 동갑이라는 사실이었다.

얼이 빠져 있는 김정호에게 강석천이 다가가 말을 붙였다.

"나는 강석천이라고 하네. 아까 서원명 대통령과 하는 얘기를 듣고 자네가 나와 같은 81학번 범띠라는 걸 알게 되었네. 그러니까 내가 말을 놓더라도 너무 고깝게 생각하지 말게."

"……."

"자네는 내가 대통령인 서원명 저 친구보다 우리 태상님께 더 공대를 하는 것에 어리둥절할 것일세. 서원명 저 친구는 대통령이기 이전에 나와는 친구 사이지만 태상님은 나이로는 나보다 어리시지만 나에게 있어서 하늘이시네. 그러니 그럴 수밖에 없지 않겠나?"

"……."

"태상님께서 자네를 우리 문도로 받아들이려는 것은 그만큼 자네를 높이 평가하고 있다는 것을 알아야 하네. 보통 사람들 같으면 기절초풍할 지경인데도 이토록 빨리 평정을 찾는 것을 보니까 내가 보기에도 자네는 보통이 넘는 것 같구먼."

아무 말이 없던 김정호가 강석천에게 물었다.

"강석천이라고 했는가? 앞으로 강 형이라고 부르겠네. 그런데 이렇게 사람이 많은 곳에서 이런 얘기를 함부로 해도 되는가?"

"하하, 아까 저기에서 이곳의 소리가 하나도 새어 나
오지 않는 것에 태상님께서 소리를 차단시키셨다는 것을
짐작했네. 그러니 여기서 무슨 소리를 하던 다른 사람이
알 게 무에 있겠는가?"

"뭐라고? 소리를 차단했다고? 그럼 무협지에서처럼
강기막으로 소리를 차단시켰단 말인가?"

"하하, 그 정도 가지고 뭘 놀라나? 우리 태상님께서는
그 정도는 손바닥 뒤집는 것보다 더 쉬운 일이실 것이네.
자네, 영화에서처럼 총알을 피해 내는 것도 모자라 총알
을 잡은 것을 보았나? 보지 못했으면 말도 하질 말게. 우
리 태상님께서는 그런 능력을 소유하신 인물이시네."

김정호는 강석천의 말을 믿어야 할지 믿지 말아야 할
지 갈피를 잡을 수 없었다.

하지만 한 가지 확실한 것은 강석천의 말이 전혀 뻥은
아닐 거라는 것이었다.

자신이 외마디 비명에 가까운 소리를 몇 번씩이나 질
렀지만 이곳을 쳐다보는 사람이 아무도 없었다는 것이 그
증거가 될 것이다.

"휴우, 강 형, 자네 말을 믿겠네. 그런데 아까 태상님
께서 내일 카벨 F 포르테 피파 회장이 무조건 항복을 하

려고 서울에 올 거라는 말씀을 하셨네, 혹시 자네는 그 내막을 알고 있는가?"

"자네가 우리 태상님을 따르려면 태상님께서 팥으로 메주를 쑨다고 해도 무조건 태상님의 말씀을 믿어야 한다는 거네. 태상님께서 그렇게 말씀하셨다면 내일 카벨 F 포르테 피파 회장이 무조건 항복을 하려고 서울에 올 거네. 그게 태상님에게 귀의한 자들의 사명이고 천명이네."

"……"

'귀의, 사명, 천명…… 이거 내가 사이비 종교의 광신도들 소굴로 들어가는 것이 아닐까?'

김정호가 내심 이런 생각을 하는지 알고 있다는 듯 강석천이 말했다.

"한 가지 확실한 것은 태상님을 전적으로 믿고 따르면 지금 자네가 갖고 있는 능력을 최소 세 배에서 최대 열 배까지 신장시킬 수 있다는 것은 장담할 수 있네."

"으음……"

"자네가 믿거나 말거나이지만 태상님께서 자네를 우리 천살문의 문도로 받아들이시려는 것은 자네를 우리 민족의 커다란 일꾼으로 생각하셨다는 것이네. 소인의 좁아터진 흉중으로 하늘을 재려 하지 말게. 자네에게 해 줄 수 있는 말은 이것뿐이네."

"……."

김정호는 강석천의 말에 무어라 대꾸하지 못했다. 강석천이 너무나 엄숙하게 말했기 때문이었다.

'어떻게 인간이 같은 인간을 이처럼 존중할 수 있다지? 정말이지 그를 인간으로 보는 것이 아니라 살아 있는 신으로 여기고 있는 것 같군.'

이때까지만 해도 자신에 대한 믿음이 굉장했던 김정호 자기도 머잖아 광신도 대열에 끼게 될 줄은 꿈에도 생각지 못했다.

이래서 관(棺)을 봐야 눈물을 흘린다는 말이 나온 모양이었다. 원래 인간이란 동물은 직접 자기가 경험해야 믿는 존재였기 때문이다.

"카벨 F 포르테 피파 회장이 우리나라 최강권 회장에게 사과를 하려고 직접 왔다며?"

"이 친구, 장가가더니 요새 땅굴을 파느라고 정신이 없는 모양이지? 이 친구야, 어젯밤에 인터넷에서는 난리가 났었어."

"웬 난리?"

"카벨 회장이 취리히 허브공항에서 최강권 회장과는 일면식도 없지만 그에게 사과할 일이 있으니 직접 만나서 사과하려고 우리나라로 간다는 기자회견을 열었다는 거야. 이어진 인터뷰에서 겸사겸사 '온누리 국제축구대회'가 열리는 누리 돔구장에 방문해서 구경하고 싶다고 했다는 거지. 그런데 네티즌 중에서 카벨 회장의 지난 이력을 들먹이며 무조건 항복이라고 했어. 그것을 가지고 네티즌들 사이에서 오버다, 아니다 해서 한바탕 난리가 났었다니까."

"그럴 만도 했겠네. 카벨 회장을 가리켜서 세계 축구계의 태양왕이라는 칭호로 불린다고 하던데 그 태양왕이 무조건 항복했다면 그럼 그룹 '환'의 최강권 회장은 황제라는 말이 아니겠어?"

"그게 그렇게 되나? 아무튼 이제 우리나라는 더 이상 편파 판정의 희생양이 되지 않을 것이라고 생각되지 않냐?"

"맞아. 그렇게 되겠지. 사실 국제 경기에서 편파 판정이 나올 수 있는 것은 피파의 내락이 있기에 가능한 거니까 말이야."

이처럼 국민들이 새로운 희망으로 흥분하고 있을 때 일각에서는 죽을상을 하고 있는 사람이 있었다.

"뭐야? 뭐가 어쨌다고? 강 군, 오늘 잠실운동장에서 축구인들과 그룹 '환' 규탄대회를 열기로 했는데 어떻게 되는 거야?"

"저, 의원님, 그곳에 얼씬도 하지 않으시는 게 좋겠습니다. 자칫 최강권을 음해하기 위해서라는 인상이라도 비춰지면 의원님의 정치 생명은 그것으로 끝장이 날 수도 있기 때문입니다."

"강 군, 어쩐다고? 최강권 그 자식이 그렇게나 떴어? 어제까지만 해도 그 자식이 우리 축구계를 말아먹을 빌어먹을 놈이라는 쪽이 우세했었잖아?"

"의원님, 그동안 우리가 국제경기에서 오심으로 당한 게 많잖습니까? 그것이 다 피파에서 그렇게 하라고 시켰기 때문이라는 게 그동안 우리 국민들이 갖고 있었던 생각이었습니다. 의원님이 피파 부회장으로 있는 와중에서도 어떻게 할 수 없었던 일을 최강권 그 친구가 해냈습니다. 그러니 영웅으로 보일 수밖에 없잖습니까? 그런데 의원님께서 축구인들에게 돈을 줘서 그룹 '환' 규탄대회를 열기로 했다는 게 알려지기라도 한다면 정말 끝장입니다."

정준형 의원은 이 개 같은 상황이 견디기 힘들었다.

자신이 살아온 60여 년의 세월, 한국 축구를 위해 20

여 년 동안 쏟았던 피와 땀, 그 모든 것이 덧없게만 느껴
졌다.

피파의 대권을 노렸지만 알게 모르게 깔려 있는 인종
차별과 믿고 있었던 일본의 배신, 카벨의 노련한 술수에
말려 고배를 마셔야 했다. 단순히 고배를 마신 정도가 아
니라 국제 축구계에서 지지기반을 잃어버렸다.

한국 축구의 방파제 역할을 했던 그가 사라짐으로 인
해서 한국 축구는 국제 축구계에서 홀대를 당했다.

그런데 이제 스물세 살에 불과한 애송이가 자기를 일
방적으로 몰아세웠던 자를 반대로 일방적으로 몰아붙이
고 있었다.

멀리 떨어져서 항복이라고 소리치는 게 아니라 '내가
잘못했으니 용서해 주십시오.' 라고 빌려고 온다는 것이
었다.

더 견딜 수 없는 것은 카벨 F 포르테라는 인간이 어떤
인간이라는 것을 알고 있기에 한국 축구를 위해서 마지막
으로 무언가 해 보려고 했는데 도리어 그게 자충수가 되
었다는 것이다.

'제기랄, 도대체 무엇 때문에 내 삶이 이렇게 되었다
지?'

스스로에게 물어보지만 애초에 답이 없는 물음이라는

것을 그도 잘 알고 있는 일이었다.

김정호는 놀라운 경험을 했다.

그것은 1998년부터 무려 15년 동안 세계 축구계를 자기 입맛대로 요리해 왔던 인물을 직접 만날 수 있었다는 것이다.

그런데 그 인물은 자기가 생각하고 있는 그런 사람이 아니었다.

자기가 광신도들의 교주쯤으로 생각하고 있는 사람의 말대로 무조건 항복을 하러 온 힘 없는 늙은이일 따름이었다.

'그 말이 정말이었어?'

머리가 희끗희끗한 노인이 머리를 조아리면 아량을 베풀 만도 하련만 어린 절대자는 얼굴색 하나 변하지 않고 자기 요구를 나열하기 시작했다.

"나는 귀하가 이런다고 흐리멍덩하게 끝낼 생각은 없습니다. 내가 제시하는 세 가지 조건이 관철될 때까지 나는 귀하에 대한 내 생각을 바꾸지 않을 작정입니다."

[최 회장님께서 바라는 세 가지 조건이 무엇입니까?]

"우선 나는 내가 주관하는 '온누리배 국제축구대회'에 피파가 성의를 보일 것을 바랍니다. 둘째는 나는 무하마드 빈 함미르를 국제 축구계에서 완전히 축출할 것을 바라고 있습니다. 셋째는 여기 이 사람을 당신의 후계자로 만들 것을 요구합니다. 말하자면 여기 있는 이 사람이 차기 피파 회장이 되기를 원한다는 말입니다. 이 세 가지 사항에서 하나라도 내 의도에서 벗어난다면 나는 내 능력을 귀하와 세계에 보여 주도록 하겠습니다. 어떻게 하시렵니까? 내가 제시하는 세 가지 조건을 선택하겠습니까? 아니면 내 능력을 보고 싶습니까?"

선택을 강요당한 카벨 F 포르테의 이마에는 식은땀이 송골송골 맺혔다.

기분 같아서는 니 능력을 보여라 하고 싶었지만 철혈의 미쉐린이 지레 겁을 먹을 정도라면 감히 능력을 보여 달라고 할 수 없었다.

그런데 문제는 또 하나의 선택도 여의치 않다는데 있었다. 첫 번째 조건이야 그리 큰 무리는 없다. 하지만 두 번째 조건은 좀 걸리는 게 있고, 세 번째 조건은 두 번째 조건을 해결하지 못하면 상당한 난관이 도사리고 있었기 때문이다.

카벨 F 포르테는 신음하듯이 힘겹게 말을 뱉어냈다.

the 리더

[최 회장님의 어떤 조건이든지 들어드릴 용의는 있습니다. 하지만 첫 번째 조건 외에 나머지 조건은 제가 장담할 수 없습니다. 그러니 제 마음을 이해해 주시기만 바랄 뿐입니다.]

"하하하, 내 생각대로 함미르와의 밀약 때문에 그러시는군요. 그것 때문이라면 내가 어느 정도 도움을 드릴 수 있으니까 걱정하지 마십시오. 카타르 정부는 더 이상 함미르를 감싸지 않을 것입니다. 됐습니까?"

카벨 F 포르테는 자기도 어쩔 수 없는 일을 아무렇게나 말하는 강권을 경원하지 않을 수 없었다.

사실 이번 서울행은 포르테가 나름 노리는 것이 있었다. 자기가 노구를 이끌고 서울에까지 왔는데도 상대가 성의를 보이지 않는다면 언론플레이로 세계 여론을 자기 쪽으로 끌어들이겠다는 속셈이었다.

동양 사람들, 특히 코리언들은 어리석게도 체면에 너무 얽매인다. 세계 여론이 들썩이면 상대는 자기를 더 이상 물고 늘어질 수 없을 것이라고 생각했던 것이다.

그런데 상대는 자기와는 레벨부터가 다르다는 생각이 들자 이내 꼬리를 내리고 항복을 하고 말았다.

[그렇게만 해 주신다면 최 회장님께서 바라는 것이 모두 이루어질 것입니다.]

"좋습니다. 과거란 어차피 미래를 위해서 존재합니다. 중요한 것은 과거가 아니라 미래라는 말이지요. 귀하가 성의를 보이는 만큼 나는 귀하에게 베풀 것입니다. 이것만 잊지 않는다면 귀하는 나의 친구가 될 수 있을 것입니다."

[고맙습니다.]

옆에서 지켜보는 김정호는 강권에게 완전 감복을 하고 말았다.

'스포츠 정치 9단'이니, '철가면을 쓴 사나이'니 하는 외호로 무장한 고수가 강권에게 어린애처럼 내둘림을 당하는 것을 보고 어찌 감탄하지 않을 수 있겠는가?

'세상은 이분을 너무 모르고 있었구나. 밤의 황제나 킹메이커 정도로는 이분의 일면만 표현한 정도에 불과해. 왜냐하면 이분은 이미 낮에도 황제이기 때문이야.'

김정호는 강권의 그늘에 들기로 굳게 결심했다.

〈『더 리더』 6권에서 계속〉